Thierry Rollet

Volontaires pour la Mort Noire

et autres contes fantastiques

Éditions Dédicaces

Volontaires pour la Mort Noire
et autres contes fantastiques

Dépôt légal :
Bibliothèque et Archives Canada
Bibliothèque et Archives nationales du Québec

Un exemplaire de cet ouvrage a été remis
à la Bibliothèque d'Alexandrie, en Egypte

Pour toute communication :

Site Web : http://www.dedicaces.ca
Courriel : info@dedicaces.ca

Blogue officiel : http://www.dedicaces.info
MonAvis : http://monavis.dedicaces.ca

Thierry Rollet

Volontaires pour la Mort Noire

et autres contes fantastiques

Volontaires pour la Mort Noire

1 – La bataille

Ce qui, par la suite, devait toujours assombrir l'humeur du lieutenant Jason Brewster, quand on l'évoquait devant lui, était le fait que la charge de son régiment de lanciers n'avait pas décidé de la victoire finale à Sirimak.

Pis que tout, il avait fallu, bon gré mal gré, accepter d'être couvert par une préparation d'artillerie, afin de permettre aux hommes d'abandonner lances et chevaux afin d'escalader les deux parois du défilé. Se transformer en fantassins sous la protection des canons pour aller mater quelques rebelles pouilleux ! Aucune humiliation n'avait, semblait-il, été épargnée au valeureux 12ème Régiment de Lanciers de Sa Gracieuse Majesté, en cette terrible journée du 8 août 1848.

En dépit de sa valeur, ledit régiment n'aurait pu remporter cette victoire sans le soutien du 7ème d'Artillerie, le colonel Hamstock l'avait lui-même reconnu bien avant la bataille. Les Sikhs de la tribu de Karkoram-le-Terrible avaient l'avantage du terrain car leur ville principale : Arkhab, était efficacement protégée par un rempart de montagnes, qu'un étroit défilé divisait en deux massifs. Arrivé à la porte naturelle du dernier refuge ennemi, le 12ème Lanciers avait dû faire front devant une mousqueterie effroyablement meurtrière, qui coucha sur le sol aride et caillouteux près de la moitié des effectifs. Le *Zamzamar*, redoutable canon de 600 livres, la plus puissante des pièces d'artillerie sikhs[1], eût parachevé le massacre sans le tir précis des batteries anglaises, qui réduisit au silence celles des rebelles. Ce que voyant, le rajah Karkoram-le-Terrible ordonna à sa cavalerie de s'élancer.

Fatale erreur ! À ce moment précis, les lanciers britanniques s'étaient regroupés et galopaient vers le défilé. Les deux derniers escadrons formant la charge se séparèrent à l'ultime seconde pour surprendre l'adversaire sur ses flancs. Les cavaliers sikhs venant en tête furent ainsi coupés de leurs arrières et anéantis sous les boulets

---

[1] Ce canon a réellement existé : un modèle est exposé au musée d'Amritsar, ville du Pendjab (pays d'origine des Sikhs).

anglais, tandis que le reliquat, enfoncé des deux côtés, résistait pour retarder le plus possible une inéluctable défaite.

Du haut des falaises de granit, le prince Kabir, fils unique de Karkoram-le-Terrible, assistait, entouré de sa garde d'honneur, à la déconfiture de ses troupes et se mordait les lèvres de rage. Quatre ans plus tôt, alors qu'il entrait dans l'adolescence, il avait participé, aux côtés de son père, aux tous premiers combats. Avec quelle facilité les démons étrangers vêtus de tuniques rouges avaient-ils été alors culbutés, dispersés ou écrasés ! Mais le premier revers avait été le commencement d'une éprouvante retraite. Maintenant, le Cachemire allait, comme le Pendjab, tomber entre les mains des Anglais[2].

La tribu de Karkoram-le-Terrible pouvait s'enorgueillir d'avoir été la dernière à s'avouer vaincue. Mieux : elle échapperait à l'emprisonnement ou à la déportation grâce à l'itinéraire de retraite secret qu'elle avait reconnu de longue date et qui devait la conduire vers un abri sûr, au sein d'inviolables montagnes, juste au pied du Toit du Monde. Néanmoins, elle emporterait avec elle une humiliation sans précédent, au point que le jeune et bouillant prince Kabir osait se demander si son père méritait toujours de se faire appeler Karkoram-le-Terrible, même par ses ennemis, comme jadis...

Plus réfléchi que son seul fils, le vieux rajah caressait pensivement sa vénérable barbe blanche, tout en concentrant son attention sur les audacieux qui montaient vers lui...

Le lieutenant Brewster, après avoir joué du sabre et du revolver comme un beau diable dans les rangs ennemis, avait entraîné ses hommes à sa suite dans le défilé, où cherchaient à se replier les éléments survivants de la cavalerie sikh. C'est pour cette raison que les lanciers furent contraints de se muer en fantassins et même en varappeurs, l'obstiné jeune officier voulant à toute force rattraper et vaincre les derniers fuyards. Brewster, tout à sa fougue guerrière, ne prit même pas la peine de s'étonner en voyant les Sikhs

---

[2] Les Sikhs sont adeptes d'une secte religieuse fondée à la fin du 15ème siècle par Nanak. Elle est surtout florissante au Pendjab, où se trouve sa cité sainte : Amritsar. La doctrine des sikhs s'inspire à la fois du brahmanisme et de l'islam. Remarquables soldats, les Sikhs s'illustrèrent dans des guerres contre l'islam de 1738 à 1780 et des campagnes contre les Anglais de 1845 à 1849. Ils sont plus de 20 millions de nos jours, dont 17 millions en Inde. Les hommes se distinguent par le port du turban, de la barbe et de la chevelure entières, d'un bracelet d'acier et d'un couteau. Un groupe extrémiste sikh fut responsable de l'assassinat de la présidente indienne Indira Gandhi en 1984, en réaction contre la profanation du temple d'Amritsar.

abandonner leurs montures, bien que les chevaux fussent pour eux des animaux sacrés. Il tardait au lieutenant de réaliser un prodige de valeur : capturer les chefs de la rébellion, le rajah et son fils eux-mêmes, qu'il avait aperçus d'en bas.

Brewster, clamant des ordres d'une voix furieuse, emmena donc ses lanciers à l'assaut des falaises. Les Sikhs qui grimpaient devant eux, voyant le danger, tentèrent de faire front, s'accrochant d'une main, d'un pied à la paroi rocheuse, pour effectuer des moulinets avec leurs yatagans. Les Anglais ne prirent pas le risque de les approcher : dégainant leurs revolvers, ils commencèrent à abattre les indigènes à distance respectueuse. Les derniers – et ce fut l'épisode le plus affreux de cette bataille – n'attendirent pas d'être tous victimes de ce tir aux pigeons : lâchant volontairement toute prise, plusieurs d'entre eux parvinrent à s'abattre sur les soldats anglais, entraînant ainsi leurs ennemis dans une chute mortelle.

En dépit de cet héroïsme fanatique, les Anglais parvinrent à leur but, Brewster à leur tête. Dès qu'il eut effectué un ultime rétablissement pour se hisser au sommet, il vit le prince Kabir qui lui faisait face, yatagan au poing.

– Rendez-vous ! Vous êtes perdu ! cria le lieutenant, rassemblant tout ce qu'il connaissait de la langue pendjabite.

À peine avait-il achevé qu'une détonation claqua et qu'il sentit un violent impact à son épaule droite. Lâchant son revolver, qui tomba dans le vide, il s'affaissa sur les genoux. Une fusillade, en vérité peu nourrie, crépitait alentour. Des lanciers tombèrent. C'était la garde du rajah et du prince qui protégeait ainsi la retraite de Karkoram-le-Terrible. Kabir, pour sa part, ne semblait guère pressé de les rejoindre : il continuait à fixer Brewster.

– Allons, venez vous battre, si vous ne voulez pas fuir ! grimaça le lieutenant en essayant de tirer son sabre.

À sa profonde surprise, le prince lui répondit en excellent anglais :

– Un vrai Sikh se bat toujours à cheval, lieutenant, et jamais contre un blessé. Mais j'espère bien que nous nous retrouverons un jour.

Rengainant son yatagan, il tourna posément les talons. Brewster appela, regarda autour de lui et n'aperçut que des hommes étendus, sans doute morts. Il était seul. Et ce prince qui s'en allait tranquillement ! Brewster voulut bondir précipitamment sur ses pieds. Un vertige le prit : il s'effondra et perdit connaissance.

2 – Un bal interrompu

L'ambiance était à la fête à Camp Dennisson, ce soir-là. Les lanciers du 12ème, occupants habituels de cette ancienne place-forte mongole restaurée et fortifiée, et les artilleurs du 7ème, hôtes des précédents, se réunissaient dans une joie commune d'être arrivés à la fin de cette longue et impitoyable guerre et surtout d'en avoir remporté l'ultime victoire.

L'avant-veille, on avait rendu les honneurs militaires aux nombreux morts des deux régiments, lors d'une cérémonie solennelle. On avait distribué ensuite quelques médailles et diverses citations – dont beaucoup à titre posthume.

Ce soir-là, un gala clôturé par un grand bal allait donner aux survivants de cet ultime massacre un avant-goût des réjouissances qui les attendaient à Delhi, à Calcutta ou dans d'autres cités de la vaste péninsule, étapes qui précéderaient le retour de ces vétérans dans la mère-patrie.

– Que j'ai hâte d'être à Londres ! soupirait l'aspirant Wilcox, du 12ème Lanciers. J'ai survécu à cette guerre, mais je crains fort de mourir d'ennui dans tous ces cocktails et ces réceptions qui nous attendent encore !

– Vous êtes soit bien ingrat, soit plutôt irréfléchi, mon jeune camarade, le gourmanda le lieutenant Scroffield, du 7ème Artilleurs. Reconnaissez tout de même que le colonel Hamstock a très bien fait les choses : il a notamment réussi à convaincre presque tout un escadron de jeunes beautés de se laisser inviter à notre bal, dans ce trou perdu ! Et vous ne songez ni à l'en remercier en vous amusant, ni même à profiter comme il se doit d'une pareille occasion !

– Vous avez raison, *sir* ! acquiesça Wilcox en souriant. Si votre vénéré chef de corps n'avait pas conquis pour nous ces jeunes personnes, que l'on dit toutes ravissantes, nous étions obligés de mener notre bal entre hommes ! Pour ma part, je ne me voyais guère faisant valser le roi des pachydermes de ce fort : j'ai nommé le sergent Stevens !

L'intéressé, un gigantesque gaillard qui semblait, à chaque inspiration, sur le point de faire éclater son dolman rouge à parements blancs – l'uniforme de gala de circonstance – éclata de rire comme les autres, sans se formaliser outre mesure de l'allusion, ni se gêner pour répliquer :

– Sauf votre respect, *sir*, je vous aurais fait passer à travers cette grande baie, si vous m'aviez ordonné de vous inscrire sur mon carnet de bal !

Les rires redoublèrent, à tel point que le capitaine Crawford – bien que boitant bas des suites d'une ancienne blessure, il comptait parmi les survivants de Sirimak – s'approcha du trio pour grommeler :

– Jeunes gens, modérez votre enthousiasme, sinon nous allons devoir annuler le bal et reconduire ces demoiselles à leur collège. Elles viennent de Delhi, vous le savez, où elles sont éduquées dans un internat réputé pour les filles des colons. Elles n'ont jamais mis les pieds au Cachemire. Les dragons à moustaches qui les chaperonnent nous prennent sans doute déjà pour de parfaits sauvages. Un seul éclat de rire pourrait provoquer une catastrophe, vous vous en doutez !

Les trois hommes échangèrent avec leur supérieur un sourire de connivence. Le capitaine avait la réputation de toujours plaisanter sans jamais rire, ce qui ne l'empêchait nullement de se rendre agréable et d'être apprécié de tous. Le colossal sergent Stevens avait, quant à lui, apprécié d'être compris parmi les jeunes gens, bien qu'il fût un vieux soldat, plus âgé que le capitaine lui-même.

Tout à coup, un appel de trompette venu de l'orchestre enjoignit aux militaires de dissoudre leurs groupes et de se rassembler en deux rangs, au garde-à-vous. Deux serviteurs indigènes ouvrirent en grand les deux battants de la porte et les jeunes filles invitées pénétrèrent dans la vaste salle de balle – qui servait, d'ordinaire, de salle de briefing. Elles se placèrent également sur deux rangs, aussi dignes et silencieuses que les soldats. Puis, le trompette retentit de nouveau et les rangs, s'avançant les uns vers les autres, s'interpénétrèrent. Enfin, l'orchestre attaqua la première danse : une valse, et chaque militaire entraîna la demoiselle que les hasards de l'ordonnancement avaient placée devant lui.

Après cette ouverture si solennellement agencée, le bal se déroula dans une atmosphère plus libre, les couples se faisant ou se défaisant selon les affinités nées des premiers contacts.

Wilcox et Scroffield, par exemple, changèrent souvent de cavalière, l'aspirant suivant ainsi les judicieux conseils de son aîné et supérieur hiérarchique. Le capitaine Crawford, auquel son infirmité interdisait les danses aux pas trop complexes, se voyait ainsi contraint de faire tapisserie plus souvent qu'à son tour. Quant au sergent Stevens, il tenait dans ses bras puissants l'un des chaperons de ces demoiselles, une respectable vieille fille qui ne correspondait que sur un seul point à la précédente description de Crawford : la moustache. Quant à sa silhouette, elle n'évoquait pas précisément le corps souple et longiligne que l'on accorde généralement au dragon...

– Deux pachydermes ensemble ! glissa Wilcox à l'oreille de Scroffield. Comme le hasard fait bien les choses !

– Silence, malheureux ! Vous recherchez le scandale, à présent ?!

Wilcox sourit : il savait que Stevens, chargé de l'entretien des éléphants du régiment, se sentait généralement flatté d'être comparé à ses bêtes. Mais la remarque de l'aspirant n'avait pas échappé à sa cavalière du moment :

– Votre opinion est judicieuse, Monsieur Wilcox ! dit-elle. Si vous saviez jusqu'à quel point Mrs Gainsborough écrase notre pensionnat de son autorité ! Vraiment, vous avez eu le mot juste !

– J'en suis ravi, Miss Booth.

Wilcox sentait qu'il n'échangerait pas de sitôt cette cavalière-ci contre une autre... Mais une douche aussi froide qu'imprévue allait s'abattre sur son bonheur naissant :

– Dites-moi, je vous prie, minauda l'exquise jeune fille, lequel de vos vaillants camarades est le lieutenant Brewster ? Depuis que le récit des exploits du 12ème Lanciers nous est parvenu, nous avons toutes noté sur nos carnets de bal les noms de tous les héros cités et décorés... Le vôtre y figure en bonne place, naturellement ! s'empressa-t-elle d'ajouter. Mais je sais que nous sommes très nombreuses à avoir repris le nom de lieutenant Brewster...

– Oh ! Miss Booth, vous me brisez le cœur ! soupira Wilcox. Nous n'avons fait que deux danses ensemble et vous songez déjà à m'abandonner ?

Elle eut un sourire empreint de malice :

– N'avez-vous pas vous-même brisé les cœurs de plusieurs de mes compagnes en les plantant là après une seule danse ? C'est votre punition !

Et, dès la danse finie, l'espiègle jeune personne s'éloigna en riant.

Wilcox fut rejoint par Scroffield, auquel sa cavalière venait d'ailleurs de fausser compagnie. Également désappointés, les deux jeunes officiers, s'asseyant côte à côte en bordure de la piste de danse, se mirent à jeter des regards envieux vers le susdit lieutenant Brewster, auquel sa poitrine récemment décorée du DSO[3] et surtout son bras en écharpe accordaient la plupart des attentions féminines. Il n'y répondait que du bout des lèvres, aussi bougon avec ces demoiselles qu'il l'était d'habitude avec ses camarades – ce qui paraissait enchanter davantage ses admiratrices ! Ce paradoxe insolent vexait profondément les deux jeunes officiers, qui voyaient la maussaderie réussir là où avaient échoué leurs plaisantes assiduités.

– Regardez ! dit Wilcox. On dirait des mouches sur un pot de miel !

– Vous êtes plus indulgent que moi, rétorqua Scroffield. Cette scène me faisait penser à un essaim d'abeilles à la recherche d'un faux-bourdon !

Il fallut que le cotillon succédât au bal pour que les deux officiers acceptent de se dérider : c'était un plaisir d'oublier whist et poker, pour se consacrer ce soir-là au loto ou aux dominos, seuls jeux que la bienséance permettait aux demoiselles « comme il faut ».

Mais ces amusements innocents n'allaient pas tarder à être troublés.

D'abord, ce fut un brouhaha, puis des éclats de voix qui éclatèrent au-dehors, à tel point que la rumeur intérieure s'apaisa tout de suite, en une réaction d'étonnement général. Toutes les têtes se tournèrent vers la porte à double battant, derrière laquelle on devinait une vive agitation car elle fut heurtée plusieurs fois, tandis qu'une voix furieuse clamait :

– Laissez-moi entrer, bande de macaques ! Je dois voir le colonel Hamstock ! Question de vie ou de mort... Oui, de mort ! LA MORT NOIRE ! Vous comprenez ça, oui ?

Ces mots produisirent un effet certain car les deux battants s'ouvrirent sans plus de résistance, livrant passage à un individu des plus étranges : vêtu comme le plus loqueteux des indigènes, armé d'une carabine en bandoulière et de plusieurs poignards passés dans sa ceinture, couvert de sueur et de poussière, il offrait un aspect qui provoqua plusieurs cris d'effroi et autres exclamations indignées. Plusieurs militaires marchèrent vers lui, comme pour lui barrer le passage mais il cria :

– Où est le colonel Hamstock ? Je dois lui parler tout de suite !

---

[3] DSO = *Distinguished Service Order* (équivalent de la médaille militaire).

– Je suis là ! gronda la voix du chef de corps, qui venait à grands pas vers l'intrus, l'œil furibond. Qui vous a permis d'entrer ici ? Et surtout, que signifie cette attitude en présence d'officiers et des héritières de la *gentry*[4] ?

L'importun ne se démonta pas :

– Colonel, vos hommes me connaissent et vous me connaissez. Cela m'a suffi comme sauf-conduit.

– Oui, je vous connais, Jack Crane. Et je ne vous apprécie guère, je vous l'assure ! Un bandit de grand chemin de votre espèce ! Mais, encore une fois, que signifie…

– Colonel, j'ai bien peur que ces demoiselles (il s'inclina) ne doivent prolonger leur séjour dans vos murs. Quant à moi, jetez-moi donc en prison et vous me sauverez la vie… provisoirement, du moins.

– Que voulez-vous dire, Crane ?

– Que la Mort Noire – vous entendez, colonel : *la Mort Noire* – déferle déjà sur cette région. Ça ne vous rappelle rien ?

Les officiers présents, qui connaissaient leur colonel depuis plusieurs années, n'en crurent pas leurs yeux.

Le vieux soldat avait blêmi et ses lèvres tremblaient…

---

[4] Haute bourgeoisie britannique.

3 – Les volontaires

Sharatorak, Ville des Morts.

Tous les habitants du Cachemire, du Pendjab et même au-delà la connaissaient, mais surtout de réputation, sous forme de nombreuses et très anciennes légendes courant sur cette hideuse cité.

Et sur son unique et énigmatique occupant vivant.

Hideuse, Sharatorak l'était par ses murs en ruines, grisâtres le jour, blanchâtres la nuit, à tel point qu'on eût dit des conglomérats de cendres plutôt que des résidus d'une ancienne maçonnerie. On racontait que seuls les démons savaient son âge et de quelle manière elle avait été édifiée. Quand ses constructeurs étaient morts, ils avaient légué la ville aux démons. Peu importait à ces derniers qu'elle ne fût plus que décombres : les Hommes de Pierre étaient là ; c'était eux qui avaient un jour manqué de respect aux démons, auxquels les antiques habitants de Sharatorak vouaient jadis un culte fanatique. Les Hommes de Pierre avaient été rassemblés à l'extérieur de la ville et pétrifiés. Réunion de statues, troupeau aveugle et figé pour l'éternité, ils devaient un jour, selon la légende, se réveiller et « marcher sur le monde » : c'était ce que disaient des écrits si anciens que seules les montagnes encerclant le site de Sharatorak pouvaient, disait-on, en connaître les auteurs.

Énigmatique, le seul habitant vivant de Sharatorak n'avait cessé de l'être depuis son arrivée. On racontait que sa venue avait fait beaucoup de bruit dans la région : un œuf de feu » issu d'un dragon était, paraît-il, descendu en flammes sur Sharatorak ; quand il avait cessé de luire, l'habitant était là. Il savait tout, pouvait tout : répandre la joie comme la terreur, guérir comme tuer à distance, prédire l'avenir comme deviner les pensées les plus secrètes. En vérité, il ignorait ou feignait d'ignorer une seule chose : son propre passé. Il était allé vers les peuples nomades qui passaient parfois non loin de Sharatorak, leur avait dit son nom : Abdul Alhazred et les avait invités à le suivre. C'est donc à sa suite que beaucoup avaient pénétré dans Sharatorak-la-Maudite, pour y entendre la lecture de quelques pages d'un énorme livre, juché sur un autel de pierre – ou de cendre ! – dont Abdul Alhazred disait être l'auteur : le *Necronomicon*. Tant d'horreurs y avaient été consignées, racontaient les nomades, que nul ne pouvait, après les avoir entendues, croire encore à la bonté d'Allah, de Brahmâ, de Vishnou ou d'autres dieux, ni accepter sans réserves l'enseignement de leurs prophètes.

Ces pensées, le prince Kabir les retournait dans sa tête, tout en chevauchant en compagnie de six autres Sikhs, vers les ruines de Sharatorak.

Il avait choisi de s'y rendre sans vraiment croire à ces légendes. Pour lui, comme pour le rajah son père, Abdul Alhazred n'était qu'un ermite apatride comme il y en avait tant dans les montagnes et dont on pouvait utiliser les services en payant largement. En effet, tous les indigènes du Cachemire et du Pendjab savaient que les pouvoirs de l'étrange ermite n'étaient pas de vaines incantations ni de simples exhibitions : Karkoram-le-Terrible lui-même avait été témoin, durant sa jeunesse, de faits particulièrement horrifiques dus à l'intervention d'Abdul Alhazred. De plus, c'était l'un de ces ermites qui avait aidé les Sikhs à fabriquer le redoutable *Zamzamar*, avec ses projectiles et sa poudre. C'est pourquoi le rajah était désormais persuadé que le recours à la magie noire était devenu l'unique manière de combattre les Anglais, vu la supériorité militaire et même tactique qu'ils avaient démontrée sur le terrain.

Kabir et plusieurs de ses amis s'étaient donc proposés comme ambassadeurs auprès d'Abdul Alhazred, afin d'aller étudier sur place quel genre d'armes hors du commun le redoutable ermite pourrait bien mettre à la disposition des vaincus de Sirimak.

En vérité, aucun des sept guerriers sikhs – Kabir compris – qui chevauchaient alors ver Sharatorak n'éprouvait la moindre appréhension. La colère et l'espoir se partageaient l'esprit du prince : au début de la guerre, un messager de son peuple avait déjà été dépêché à Sharatorak et n'en était jamais revenu. Il fallait donc demander des comptes à l'ermite, ainsi qu'un moyen de revanche contre les Anglais ; cette fois, le vieux fou, de gré ou de force, collaborerait !

Enfin, les cavaliers aperçurent les ruines de cette antique cité, celles qui faisaient si peur aux veules et aux faibles – ce que les Sikhs n'étaient pas, Zoroastre[5] en soit loué !

Kabir fit arrêter la marche et se tourna vers l'un des membres de sa suite :

– Sakir, tu connais la langue de l'ermite, n'est-ce pas ?

---

[5] Zoroastre ou Zarathoustra : prophète iranien (8ème siècle av JC) qui réforma le culte iranien du feu, dont s'inspirent largement les croyances des Sikhs.

– Oui, mon Prince, répondit l'interpellé. Il parle le vieux persan.

– Dis-lui qui je suis et qu'il doit immédiatement se préparer à m'accueillir.

Sakir cria donc une longue phrase que reprirent les échos, répercutant les mots persans entre les parois de l'hémicycle montagneux entourant la cité ruinée.

Après un temps d'attente, il réitéra son appel, auquel seuls les échos parurent de nouveau s'intéresser.

Kabir pâlit de rage :

– Sakir, va me chercher cet insolent vieillard et traîne-le jusqu'aux pieds de mon cheval ! s'écria-t-il.

Sakir piqua des deux mais, à peine son cheval eût-il fait dix foulées qu'il se cabra, rua, sauta comme s'il revenait à l'état sauvage. Sakir, remarquable cavalier comme tous les Sikhs, fut néanmoins jeté à terre – disons, à son crédit, qu'il préféra vider les étriers de lui-même lorsque sa monture se roula sur le sol, en proie à la plus folle panique.

Kabir commanda la charge générale, mais la terreur qui gagna tous les chevaux du groupe eut raison de sa colère. Il fallut revenir en arrière pour pouvoir rester en selle. Mais le prince mit définitivement pied à terre, imité de tous ses compagnons.

– Nous sommes victimes des sortilèges de ce mage scélérats ! fulmina-t-il. Il nous défie ? Parfait ! Il souffrira pour cet affront !

– Mais, mon Prince, intervint l'un des guerriers, nous sommes venus pour lui demander de l'aide, pas pour le soumettre.

– Nous ferons les deux en même temps, Zorad : nous lui arracherons ses secrets en même temps qu'il expiera son insolence !

Les Sikhs entravèrent donc leurs montures et marchèrent ensuite vers Sharatorak. Leur commun désir de vengeance était tel que ce fut à peine s'ils jetèrent un coup d'œil au cheval de Sakir : étendu sur le flanc, agité de spasmes, il agonisait, l'écume aux lèvres…

Le sol, entre les décombres de l'antique cité, était lui aussi recouvert d'une épaisse couche de cendre impalpable, où les pieds s'enfonçaient tandis que s'élevaient d'immatériels voiles grisâtres. Tout était silence car tout ne pouvait être que mort et désolation en un pareil lieu.

Lorsque, sur ordre de son prince, Sakir appela de nouveau l'ermite, le son fort et clair de sa voix parut presque sacrilège à ses compagnons, malgré toute la fierté qu'ils voulaient encore laisser paraître.

C'est alors que le cauchemar fondit sur eux, sous la forme d'une grande silhouette qui, surgie brusquement de derrière un pan de mur, se dirigea vers eux en faisant résonner ses pas comme des coups de gong. Grise, rugueuse, elle semblait un simulacre humain monstrueusement inachevé.

– L'un des Hommes de Pierre ! s'écria Sakir, épouvanté.

– Tais-toi ! hurla le prince. C'est seulement ce vieux rat du désert qui essaie de s'emparer de nos esprits pour nous terroriser ! Son pouvoir est grand mais cette lame en aura raison !

Ce disant, Kabir s'élança fers le monstre minéral et, de toutes ses forces, le frappa en plein corps de son yatagan. La lame recourbée se brisa au ras de la garde, mais le coup avait eu pour effet de rompre le sortilège : la créature de pierre s'estompa aux regards des hommes, pour laisser place à un vieillard chétif, presque rachitique ou atteint de cachexie, eu égard à ses membres grêles et à son ventre énorme. D'informes loques lui tenaient lieu de vêtements. Sa bouche édentée se fendait d'un sourire sarcastique tandis qu'il considérait le prince ébahi :

– Tu vois, bien, jeune seigneur, que mes illusions sont aussi bien physiques que mentales, grinça Abdul Alhazred – car ce ne pouvait être que lui. Il faut être de fer, comme ta lame, pour s'en rendre compte.

– Sais-tu bien qui je suis ? gronda Kabir, seul à présent parmi les siens à oser faire un pas de plus vers le sorcier.

– Tu es Kabir, fils unique de Karkoram-le-Terrible et tu viens me demander un charme pour lutter contre les Anglais, dont tu n'es pas parvenu à débarrasser ton pays. C'est toi qui ignores qui je suis, moi, sans quoi tu serais venu en personne, la première fois où tu as voulu faire appel à moi, au lieu de m'envoyer un simple guerrier : Abdul Alhazred ne discute pas avec de la valetaille !

– Le premier messager de mon père ! Celui que nul n'a jamais revu ! Qu'en as-tu fait ?

– Vieux voir toi-même, Prince Kabir.

Les Sikhs le suivirent jusque sur le toit terrasse de sa demeure, la seule qui fut intacte dans tout Sharatorak. De là, on dominait les alentours car elle était bâtie à flanc de montagne. La vue plongeait même sur l'endroit maudit : le troupeau aveugle et inerte des statues humaines, ces hommes jadis pétrifiés pour n'avoir pas respecté le pouvoir des démons.

– Va, Prince, dit l'Arabe, va chercher ton messager parmi les Hommes de Pierre… si tu peux le reconnaître.

Le prince s'efforça de maîtriser son tremblement, à la fois de crainte et de rage :

– Si je le reconnaissais, il revivrait ?

– Impossible : quiconque offense Abdul Alhazred offense les démons et nul mortel ne défera jamais ce qu'ils ont fait.

Kabir éprouvait les plus grandes peines à se contenir :

– En portant atteinte au messager de mon père, tu lui as fait toi-même une offense mortelle et je dois…

– Peuh ! Laisse donc ta colère, Prince Kabir… ou bien faudra-t-il te rappeler que tu n'es pas dans ton royaume ici, mais dans celui des morts consacrés aux démons ?

En prononçant ces mots comme il eût prononcé une sentence, Abdul Alhazred dardait son regard sur l'un des guerriers. Le corps de ce dernier se raidit tout à coup, puis sa chair, ses vêtements et tout ce qu'il portait devint gris et rugueux. Les autres s'écartèrent, horrifiés, tandis que l'ermite éclatait de rire :

Ce rire dément cascada, résonna comme des coups de marteau sur une enclume. Alors, le guerrier pétrifié se fendilla, puis s'écroula en mille fragments.

– Bezendjah ! s'écria le Prince, imité de ses compagnons.

– Ah ah ah ! ricanait l'Arabe. Comprends-tu, à présent, petit prince orgueilleux, que tu n'as rien à opposer à ma puissance ? Vas-tu enfin croire aux pouvoirs des démons ?

Kabir et ses cinq compagnons survivants ne pouvaient détacher leurs yeux de ce qui avait été l'un des leurs, maintenant réduit à un petit tas de cailloux. Enfin, le prince parvint à parler :

– Nous ne sommes que des hommes, impuissants devant les démons. Mais nous tous (il se désigna, puis pointa successivement son doigt vers chacun de ses hommes) : moi, Sakir, Zorad, Sherkhan, Razuk et Nashark, nous sommes frères de sang. Si l'un de nous meurt, nous voulons partager son sort, quel qu'il soit.

– Ta réponse t'accorde mon estime, Prince Kabir, répliqua Abdul Alhazred. Ton frère de sang revivra dès que tu m'auras dit ce que tu désires. Parle sans crainte : par ma voix les démons, ou plutôt les Grands Ancêtres, car tel est leur nom, te promettent leur aide.

– Tu sais très bien ce que je veux, ermite : ton pouvoir te l'a révélé. Aide-moi à faire périr l'Anglais, notre ennemi le plus dangereux.

– Suis-moi, avec tes guerriers.

Il les conduisit, non pas dans sa maison, mais dans une caverne visiblement creusée de main d'homme – ou de démon ? – dans le flanc de la montagne où s'adossait Sharatorak. Une étrange luminescence, dont l'origine demeurait indécelable, émanait, *suintait* littéralement des parois et du plafond. L'étroit boyau commençant dès l'entrée s'élargissait, pour s'achever en cul de sac au bout de trente pas. On pénétrait alors dans une salle ronde, avec, en son centre, une sorte de pupitre de pierre, sur lequel un énorme livre relié ou plutôt enclos dans une boîte métallique reposait. Étrange métal que celui de cette boîte, qui demeurait sombre, sans refléter la lumière, qu'il semblait même *repousser...*

Abdul Alhazred s'en approcha et l'ouvrit complètement :

– Voici ce que dit le *Necronomicon*, annonça-t-il. Sache d'abord que ta venue y est déjà évoquée, Prince Kabir, ainsi que la manière par laquelle tes ennemis périront, grâce à toi et aux tiens...

– C'était écrit ! répéta Kabir, échangeant avec ses guerriers des regards de triomphe.

– Écoute plutôt : « *Le Mal des Grands Ancêtres touchera de sa main noire les terres du nord de la grande terre qui s'avance dans l'océan. Et toi, souverain des vaincus, tu te livreras à tes ennemis qui par toi périront, parce que le Mal des Démons sera en toi.* »

Abdul Alhazred referma le terrible livre et considéra les Sikhs. Même leur prince avait blêmi. Il affirma cependant qu'il ne reculerait pas et ses compagnons lui firent unanimement chorus.

– Ton courage est presque divin, Prince Kabir ! apprécia Abdul Alhazred. Quant à moi, jamais je n'aurais osé incarner le Mal des Démons car Ils vous accordent ainsi un pouvoir auquel on ne survit pas.

– Ce mal est donc déjà en moi ? En nous tous ? s'étonna Kabir.

– Depuis l'instant même où tu l'as accepté. Mais le *Necronomicon* dit encore qu'un homme doit mourir immédiatement après avoir reçu ce pouvoir : les Démons sont alléchés par la chair humaine, il leur en faut tout de suite un avant-goût...

– Alors... ?

– Alors, qui vas-tu choisir, Prince, pour satisfaire maintenant l'appétit des Démons ?

Kabir n'eut pas une hésitation :

– Le seul homme ici dont la chute dans les abîmes représentera vraiment quelque chose : TOI !!!

Avant que l'ermite eût pu esquisser un geste contre-sort, sa peau ridée et desséchée se couvrit de taches noires, qui s'ouvrirent aussitôt comme des fleurs infernales. Son visage, ses membres, son torse, tout son corps éclata littéralement, puis tout s'effondra, ne laissant sur le sol de pierre qu'un amas noirâtre, visqueux, immonde, dans lequel tous trempèrent leurs mains...

...Quand ils sortirent, ils butèrent sur les restes de Bezendjah, le dernier Homme de Pierre. La mort d'Abdul Alhazred n'avait pu rompre le sort.

4 – Les prisonniers

– Votre duègne doit encore s'expliquer avec le colonel, Fiona.

– Oui, Jason. Je pense que même un aussi vaillant soldat ne sortira pas vainqueur de cette bataille-ci.

– Hem ! S'il n'était pas indigne d'un galant homme de proposer un pari à une jeune fille, j'engagerais volontiers ma solde du mois contre vous.

– Mes compagnes et moi-même parions souvent, vous savez… Mais je ne souhaite pas vous déposséder aussi facilement de votre argent !

Fiona Booth s'appuyait au bras du lieutenant Brewster, dont elle semblait être devenue la cavalière attitrée – au grand dam de ses compagnes. Il avait entrepris de lui faire visiter Camp Dennisson et elle avait voulu s'attarder sur le chemin de ronde, face au merveilleux panorama désertique où la vue, depuis cet éperon rocheux supportant la forteresse, pouvait s'étendre jusqu'à près de 50 *miles*, aux dires du jeune officier. Vraiment, Fiona était enchantée de la quarantaine imposée aux occupants, habituels et occasionnels, de Camp Dennisson : elle avait l'impression de se voir accorder des vacances inespérées.

Tel n'était pas, et de loin, l'opinion de Mrs Gainsborough et de ses trois consœurs, qui jugeaient ce contretemps d'autant plus fâcheux que leurs ouailles, à peine plus inquiètes que Fiona, échappaient dorénavant à leur surveillance de « duègnes » zélées « au milieu d'un camp de jeunes soldats un peu trop audacieux ». Le colonel Hamstock n'avait vu, quant à lui, aucune inconvenance à laisser ces demoiselles se promener librement dans le fort, « pourvu que leur présence ne gêne pas le service. » Ces divergences d'opinion avaient déjà donné lieu à trois entretiens plus ou moins orageux ; le quatrième avait lieu à ce même moment.

– Dites-moi, Jason, demanda Fiona, qu'est-ce au juste que cette Mort Noire dont la réapparition justifie cette mise en quarantaine ?

Le lieutenant eut une grimace amère :

– Le colonel Hamstock vous renseignerait mieux que moi à ce sujet, Fiona, bien qu'il lui soit particulièrement douloureux d'évoquer la mort de Lady Hamstock, qui est tombée victime de la dernière épidémie, avec plus de 5000 autres personnes, il y a une vingtaine d'années…

Fiona blêmit :

– *Heavens* ! C'était donc si terrible ?!

– Oui, Fiona. Cela s'est passé à Camp Hawkins, un autre fort situé dans le delta du Gange, où le climat insalubre a favorisé la propagation des miasmes.

– Mais d'où venait cette épidémie ? Des miasmes locaux ?

– C'est ce que les médecins anglais ont décrété quand elle s'est terminée. Ils ne se sont pas vraiment inquiétés de savoir comment elle était apparue, ni surtout pourquoi elle avait cessé aussi brutalement de faire des ravages. Quant aux indigènes, qui nous haïssaient, ils affirmaient que des démons avaient lancé contre nous nul ne sait quelle malédiction… Permettez-moi une question personnelle, Fiona : où êtes-vous née ?

– À Canterbury. Pourquoi ?

– Moi, je suis né aux Indes et je sais que pour les Hindous, et surtout pour les différents sectaires qui perdurent un peu partout dans la péninsule, tout est sujet à des interprétations divines ou démoniaques. Il ne faut guère y prêter attention.

– Et les médecins ? Ont-ils vraiment si mal fait leur travail ?

– Non, bien sûr : ils ont su prendre toutes les mesures prophylactiques nécessaires, tout en constatant leur inutilité. La Mort Noire rôdait partout, atteignait tout le monde, même les animaux ! Quant elle a disparu, ils ont parlé d'une forme de peste encore inconnue. Mon père, qui servait dans cette région – nous sommes soldats de père en fils, dans ma famille – m'a dit qu'aucun malade ne portait les stigmates de la peste : ni bubons ni marques de putréfaction… mais, pardon, Fiona : ces détails doivent vous incommoder… Vous n'êtes pas souffrante, j'espère ?

– Non, Jason, je vous remercie, balbutia la jeune fille dont la pâleur s'était accentuée, tandis qu'elle se passait la main sur le front ; sans doute devait-elle songer que l'aventure n'allait pas se révéler aussi amusante et pittoresque que prévu.

– Parlez-moi plutôt de cet homme, Jason, reprit-elle au bout d'un moment. Vous savez, ce demi-indigène qui est venu nous annoncer la nouvelle en plein bal…

– Crane ? Jack Crane ? Vous l'avez deviné : c'est un *chichi*, comme on dit vulgairement, c'est-à-dire un sang-mêlé, fils d'une Indienne et d'un Anglais.

– Je connais le terme. Est-ce cela qui vous inspire, à qu'il m'en semble, un dégoût certain vis-à-vis de lui ?

– Non, Fiona, ce serait plutôt ses actes : on le dit déserteur de nos troupes coloniales, bien qu'il l'ait toujours farouchement nié. En tous cas, il ne dissimule guère ses divers trafics avec les indigènes ou les étrangers de toutes sortes : ivoire, tissus de prix, stupéfiants, armes même... J'espère qu'un jour, on découvrira que c'est lui qui a équipé les Sikhs de leur formidable canon : le *Zamzamar*, dont nous avons ramené un exemplaire en bon était à Camp Dennisson, à titre de prise de guerre – un seul, car il pèse presque le poids d'un éléphant adulte ! Un jour, donc, ce Crane devra répondre du crime de haute trahison et il sera pendu haut et court !

– *Heavens* ! fit derechef la jeune fille. Pourquoi garder tant de haine en vous, Jason ? Que vous a donc fait cet homme, qui est venu vers nous, ce me semble, avec les meilleures intentions du monde, puisque c'était pour nous avertir ?

– Défiez-vous de ce genre de personnage, Fiona : tout en lui n'est que traîtrise et fausseté...

– Mais il nous a avertis, vous dis-je !

– Justement : comment a-t-il su... ?

– Seul votre colonel pourrait vous le dire, Jason : voilà deux jours entiers qu'il converse avec cet homme et d'autres officiers. Que peuvent-ils avoir à se dire ?

– Je l'ignore comme vous, Fiona... Mais assez parlé de Crane et de cette Mort Noire. Désirez-vous découvrir un autre point de vue depuis les remparts ? C'est encore plus saisissant et...

– Halte ! Qui va là ?

Cet appel énergique, hurlé par une sentinelle, s'adressait à un groupe de six indigènes qui, sans se presser ni se cacher le moins du monde, escaladait la piste en lacets qui montait vers le grand portail de Camp Dennisson. Les arrivants, ayant à peine jeté un coup d'œil vers les remparts qui, au cri d'alarme, s'étaient couverts de soldats, continuaient leur chemin, bien décidés, semblait-il, à le poursuivre jusqu'au bout.

– Excusez-moi, Fiona, dit Brewster en baisant rapidement la main de la jeune fille, le devoir m'appelle... Hé ! Là-bas, les pouilleux ! Défense d'approcher ! Un pas de plus et nous ouvrons le feu !

Des pas, ils en firent cinq, dix de plus, insoucieux des fusils braqués sur eux. Sur l'ordre de Brewster, une salve fit gicler la caillasse devant leurs pieds. Imperturbables, les Sikhs – on distinguait maintenant leurs longues barbes en pointe – avançaient, avançaient... Le lieutenant allait commander la seconde salve, meurtrière celle-là, lorsque l'ordre de baisser les armes retentit.

– Brewster ! s'écria le colonel Hamstock, comme surgi de nulle part. Que signifie cette pétarade ?

– *Sir*, ce sont ces *natives*[6] qui...

– Je vois. Eh bien ! Vous êtes prêts à tirer sur une demi-douzaine de loqueteux, qui n'ont plus qu'un seul cheval pour eux tous et sont visiblement désarmés ?

– Mais, *sir*, ce sont des Sikhs ! De plus, ordre était d'empêcher quiconque d'entrer et de sortir.

– Et pour ce faire, vous n'avez trouvé que ce moyen ! Enfin, puisque ce sont des Sikhs... Prenez immédiatement le commandement d'un détachement de douze hommes et portez-vous à la rencontre de ces étrangers. Voyez ce qu'ils veulent. Exécution !

– *Aye aye*[7], *sir !*

Un quart d'heure plus tard, la porte du fort s'ouvrait de nouveau pour laisser rentrer le lieutenant Brewster, fier comme un paon, qui suivait l'un des indigènes – le seul qui était auparavant à cheval – encadré de deux soldats. Les autres, tout aussi étroitement surveillés, étaient demeurés à l'extérieur.

– *Sir,* j'ai l'honneur de vous ramener le propre fils de Karkoram-le-Terrible : le prince Kabir, qui avait fui lâchement après la défaite des siens, au défilé de Sirimak.

Ce fut à peine si l'intéressé pâlit sous l'outrage.

– L'insulte ne déshonore que son auteur, Monsieur, répliqua-t-il. J'entends néanmoins être traité avec les honneurs dus, sinon à mon rang, du moins à l'ennemi vaincu qui vient offrir sa reddition.

– Votre supplique ne sera pas vaine, prince Kabir, dit le colonel avant que Brewster eût pu placer un mot. Cependant, peut-être n'êtes-vous pas sans savoir que la Mort Noire, dont on m'a signalé le développement dans la région, nous contraint à certaines précautions...

– Je me soumettrai à tous les examens médicaux, colonel, et mes hommes, ou plutôt mes frères, m'imiteront. Mais je persiste à réclamer les honneurs dont je parlais, pour que notre reddition soit prise en compte.

---

[6] Indigènes.
[7] « À vos ordres ! »

– N'ayez aucune inquiétude, assura le colonel, tandis que Brewster toisait le prince avec une haine à laquelle ce dernier ne prêtait nulle attention.

◆◆◆

– Lieutenant Brewster ! Quelle rage avez-vous donc à faire le pied de grue devant la porte de votre colonel ? Vous l'aurait-on donnée à garder ? Vous me négligez honteusement. J'attendais de vous une galanterie plus assidue…

Mais, à ce moment, la pudique coquetterie de Fiona Booth ne pouvait avoir prise sur la vanité blessée de Jason Brewster. Depuis près d'une demi-heure, en effet, il faisait les cent pas en face des trois marches menant, dans le bâtiment principal de Camp Dennisson, à la porte du bureau du colonel Hamstock. Sa rage n'avait rien d'imaginaire : officiellement, il attendait d'être reçu, ayant été convoqué une heure plus tôt ; en vérité, il avait surtout l'air d'attendre la sortie du prince Kabir, dont la conversation avec le colonel se prolongeait… Que ferait-il alors ? Si l'on n'avait pas connu son habituelle maîtrise de soi, on aurait cru lire plus que des menaces dans ses yeux…

– Je suis convoqué, Fiona, pardonnez-moi, répondit-il un peu sèchement.

Un peu froissée, la jeune fille lui tourna le dos. Apercevant l'aspirant Wilcox, elle vint vers lui, un sourire aux lèvres :

– Nous n'avons guère eu l'occasion de nous parler depuis le bal, avant-hier, Monsieur, dit-elle.

– Miss Booth ! s'écria le jeune officier. Vos camarades sont-elles suffisamment vengées, à présent ? Me revenez-vous ?

– N'en parlons plus, je vous prie… Puis-je être assez indiscrète pour vous demander ce que vous faisiez jusqu'ici ?

– Oh ! soupira Wilcox, croyant que la jeune fille s'offusquait de sa tenue un peu poussiéreuse. Je… je reviens des Cheminées. Nous appelons ainsi un coin de la crête où est bâti Camp Dennisson, parce que les rochers y ont été curieusement sculptés. Ordre du colonel : l'inaction étant le pire des maux, l'entraînement au combat et tous les exercices habituels doivent être non seulement maintenus, mais quasiment doublés. C'était mon tour d'emmener ma section…

– Je ne vous ai pas vu au mess, lors du lunch…

– Je l'ai pris au milieu des Cheminées, avec mes hommes… Tenez, voyez : c'est le tour de Scroffield, maintenant…

Effectivement, ce dernier dirigeait toute une parade pour la relève de la garde auprès du monstrueux *Zamzamar*, qui dressait sa masse au centre de la vaste place d'armes de la forteresse. Scroffield partit au pas avec la garde descendante. Fiona ayant exprimé le désir d'examiner de près l'énorme canon, Wilcox lui permit volontiers admirer l'arme qui, fit-il observer, alliait sa puissance dévastatrice à une certaine recherche artistique : la gueule du canon semblait sortir d'entre les mâchoires d'un gigantesque crapaud de bronze, dont la peau squameuse, minutieusement sculptée, s'ornait de signes en relief. Les pattes postérieures tenaient lieu d'affût et reposaient sur les roues, deux fois plus hautes qu'un homme normal.

Scroffield remit ses hommes aux ordres du sergent Stevens et se dirigea vers le couple. Wilcox l'accueillit fraîchement :

– Permettez, *sir*, cette lady et moi-même sommes occupés et…

– Wilcox, garde à vous ! Sachez qu'il est exactement 14 h 55 et que tous les officiers, même subalternes, sont convoqués chez le colonel à 15 h précises. Rompez !

– Me pardonnerez-vous, Miss Booth ? soupira l'aspirant.

– Je vous en prie, Monsieur, j'avais oublié de vous dire que j'étais moi-même convoquée par Mrs Gainsborough à cette même heure. Comme elle nous l'a dit, notre éducation ne doit aucunement souffrir de l'incongruité de notre situation !

◆◆◆

Tous les officiers, que le colonel venait de prier de s'asseoir, n'avaient pu cacher leur surprise en constatant la présence, dans le vaste bureau du chef de corps, du prince Kabir, debout, sans entraves mais encadré de deux soldats, fusil au poing.

– Je vous ai réunis, Messieurs, commença le colonel, pour que vous me fassiez part de vos suggestions sur la manière de faire face à la situation présente.

« Jusqu'à maintenant, les mesures d'urgence ont été adoptées : brèves patrouilles et exercices limités, consigne absolue pour l'ensemble du régiment, étendue aux hôtes de Camp Dennisson, tout cela à seule fin de nous préserver tous de l'épidémie de Mort Noire qui doit sévir à l'extérieur.

« Je vous annonce tout de suite que j'ai l'intention de lever, du moins partiellement, ces mesures.

« C'est l'entrée dans nos murs du prince Kabir et de ses cinq compagnons qui m'inspire de tenir cette nouvelle conduite. Le docteur Stirling, notre médecin major, va vous en donner la raison essentielle.

L'interpellé, un petit homme chauve et bedonnant, se leva et articula solennellement :

– J'ai personnellement examiné le prince Kabir et les autres Sikhs : aucun ne présentait le plus léger symptôme de la Mort Noire, tels que les ont décrits mes confrères du Bengale. Ces indigènes sont en parfaite santé.

– Cette maladie, Messieurs, paraît donc bien hypothétique, opina le colonel.

– D'autant plus, *sir*, ajouta le capitaine Crawford, que nous ne tenons l'information que d'un individu douteux : Jack Crane. Cela seul aurait dû nous inciter à la prudence.

– Ce bandit de grands chemins ! s'écria Brewster. Il nous a menti, c'est certain ! D'ailleurs, d'où tenait-il cette information ? De rumeurs de montagnards ! Nous aurions dû le faire fusiller immédiatement !

– Tout beau, Brewster ! fit le colonel. Jack Crane n'est, je vous l'accorde, qu'un coureur de piste à l'honnêteté douteuse, mais il n'en reste pas moins, comme nous tous, un sujet de Sa Gracieuse Majesté. Il a déjà rendu des services à nos troupes coloniales par sa connaissance du pays et de ses habitants. De plus, il m'a affirmé détenir des preuves irréfutables du retour de la Mort Noire. C'est pourquoi j'ai songé à lui donner l'occasion de les produire… en vous associant à ce projet, Brewster.

– Moi, *sir* ?

– Oui, vous, lieutenant. Votre blessure étant…

– Guérie, *sir*.

– Très bien. Vous allez donc partir sur l'heure avec un détachement de quinze hommes en tournée d'inspection dans les montagnes de l'arrière-pays. Crane nous y a signalé des cas de Mort Noire mais le prince Kabir et les siens n'en ont pas été affectés, ce qui est étrange. Des vérifications sur le terrain s'imposent donc. Vous emmènerez Crane avec vous, en qualité de guide, ainsi que l'un des prisonniers sikhs. Pas de questions ? Rompez !

Salut, brusque demi-tour, sortie. Ainsi obtempéra l'officier britannique le plus zélé de Camp Dennisson.

Après son départ, l'atmosphère sembla curieusement se détendre. Le colonel se tourna vers le prince prisonnier, qui assistait à cette réunion :

– Voici votre pire ennemi éloigné, Prince Kabir. L'histoire de votre confrontation à la bataille de Sirimak est désormais bien connue. Je rends hommage à la noblesse dont vous avez fait preuve en épargnant un officier anglais blessé.

– Je l'ai dit alors, colonel : un vrai Sikh ne se bat ni à pied ni contre un blessé. J'espère que votre peuple saura se montrer aussi magnanime en épargnant un ennemi vaincu.

– Soyez-en assuré, Prince. Mais je voudrais savoir pourquoi vous êtes, de vous-même, venu vous rendre avec votre suite. Une telle attitude est surprenante pour un homme de votre peuple.

– Je suis venu à Camp Dennisson sur l'ordre de mon père, le rajah Karkoram, afin de discuter avec vous des conditions de paix.

– *Sir !* intervint le colonel Wilkinson, chef du 7ème d'Artillerie et convié en sa qualité d'hôte – forcé – du 12ème Lanciers. Je considère les paroles du prince Kabir comme très incongrues : comment peut-il parler de conditions de paix alors qu'il se sait plus écrasé que vaincu, et qu'ainsi ces conditions ne peuvent que lui être imposées par Sa Majesté ?

– Monsieur, répliqua le prince sans élever la voix mais d'un ton glacé, il est impossible de vaincre moralement un Sikh. Même massacrés, ils conservent une âme guerrière bien vivante, une flamme combattante inextinguible !

– Je n'ai personnellement aucun doute là-dessus, reprit le colonel Hamstock, désireux d'éviter une scène pénible. C'est pourquoi je ne vous considérerai plus, vous et les vôtres, Prince, comme des prisonniers mais comme des hôtes. Vous aurez désormais la liberté de quitter Camp Dennisson quand vous le voudrez, à la seule condition de ne le faire qu'après m'avoir remis des propositions écrites, que je transmettrai au vice-roi des Indes. Un interprète sera mis à votre disposition, si vous le souhaitez.

– Ce ne sera pas nécessaire, colonel. Ainsi que mon père le rajah et beaucoup de ses nobles sujets, je connais parfaitement votre langue.

Les autres officiers se taisaient, sauf le colonel Wilkinson, qui ne pouvait s'empêcher de trouver déplacée la mansuétude de son homologue vis-à-vis du prince Kabir.

– Vous rendez-vous compte, *sir*, du danger auquel vous vous exposez ? s'écria-t-il dès que Kabir et ses gardes – qui ne le gardaient plus – furent sortis. Qui vous dit que ce prince n'est pas un espion, un traître qui cherche à nous faire tous tomber dans quelque vilain piège ? Un Sikh n'oublie jamais une défaite, vous le savez.

– C'est pourquoi je suis sûr qu'il en a tiré la leçon, *sir*, répondit Hamstock avec assurance. Karkoram a vu ses cavaliers et ses *Zamzamar* impuissants à nous réduire ; aussi nous envoie-t-il son propre fils comme garant des paroles de paix qu'il prononce aujourd'hui. Néanmoins, je me suis gardé de toute surprise en envoyant à l'extérieur un détachement commandé par le lieutenant Brewster, l'un de nos plus valeureux jeunes officiers. Soyez sûr qu'il saura nous avertir de toute mauvaise surprise, s'il y a lieu.

« Le vieux doit devenir gâteux ! songeait Wilcox en sortant. Quelle valeur trouve-t-il chez un fou sanguinaire et orgueilleux comme Brewster ? Et la Mort Noire, c'est une histoire de bonnes femmes, maintenant ? Bah ! C'est lui qui commande, après tout... Mais je suis curieux de voir comment il subira le prochain assaut de cette aimable Mrs Gainsborough, maintenant qu'il a déclaré publiquement que l'annonce de l'épidémie ne l'impressionne plus... Pourvu qu'il parvienne à les empêcher de partir, elle et ses ouailles ! Ça vaudrait beaucoup mieux pour Fiona et pour moi, maintenant que ce poseur de Brewster est bien loin ! »

5 – La patrouille

– Crane, vous vous êtes moqué de nous !

Le détachement commandé par le lieutenant Brewster avait été guidé par Jack Crane jusqu'aux ruines blafardes de Sharatorak. Son chef l'avait fait stopper à l'entrée du cirque montagneux, devant la plaine grise qui s'étendait devant les vestiges de l'antique cité.

Nulle part, dans les quelques villages indigènes où l'on avait fait halte, le moindre signe de la Mort Noire n'avait été décelé. Les paysans très pauvres qui y vivaient donnaient toutes les apparences d'un peuple heureux de voir se terminer la longue guerre ayant ravagé la contrée.

C'est pourquoi les quelques doutes que Brewster eût pu conserver s'étaient envolés durant ce voyage. Une certitude les avait remplacés : celle que Crane était *« sinon un traître, du moins un aventurier que ses vagabondages dans cet infect arrière-pays avaient rendu fou. »* Tel était, textuellement, le dernier message que Brewster avait envoyé à Camp Dennisson par pigeon voyageur, la veille de l'arrivée devant la cité des morts.

– Lieutenant, qu'avez-vous dit ? demanda paisiblement le guide.

– Que vous avez offensé les troupes coloniales britanniques et, au-delà, Sa Gracieuse Majesté elle-même, en leur apportant une fausse nouvelle. Je vais donc vous arrêter sur l'heure et vous ramener enchaîné à Camp Dennisson. Comme nous sommes toujours officiellement en guerre, même si les combats ont cessé, il est très probable que vous serez fusillé... Sergent Stevens ! fit-il en se tournant vers l'intéressé.

– Permettez, lieutenant ! répliqua Crane. Croyez-vous vraiment que je vous ai menés jusqu'ici, vous et vos lanciers, pour le simple plaisir de faire une excursion ? J'ai vu ici-même, lors de mon dernier passage, il y a deux semaines, des preuves de l'apparition de la Mort Noire dans cette région. Je comprends encore moins que vous pourquoi les villages que nous avons traversés n'en sont pas encore atteints. Mais je maintiens que j'ai fait mon devoir de loyal sujet de Sa Gracieuse Majesté, ainsi que je l'ai toujours fait, même si mes méthodes paraissent vous choquer.

– Oui : celles d'un voleur, d'un trafiquant, d'un homme sans foi ni loi ! Sa Gracieuse Majesté se passe aisément de sujets de votre acabit. Sergent ! Arrêtez cet homme !

Soudain, Crane piqua des deux, galopant en direction des ruines. Son cheval parcourut sur le sable gris la distance d'une portée de fusil avant que son cavalier ne l'arrête, tout aussi brusquement qu'il l'avait enlevé.

– Eh bien, Brewster ! cria Crane en se retournant vers le détachement dont pas un soldat n'avait bougé. Oserez-vous poursuivre votre prisonnier fugitif jusque dans la Cité du Diable ? S'il n'est que ce moyen pour vous obliger à voir ce que j'ai vu moi-même, c'est celui-là que j'emploierai !

– Je ne me prêterai pas à ce jeu absurde, Crane ! répliqua Brewster. Je vous ferai plutôt abattre à distance, comme le chien galeux que vous êtes !

– Alors, dépêchez-vous d'en donner l'ordre, maudit traîneur de sabre !

Derechef, Crane lança sa monture au galop vers les ruines… qu'il n'atteignit pas : du sol, parut soudain jaillir une sorte de grand geyser noir qui emporta vers le ciel cheval et cavalier avant qu'ils puissent pousser un cri. Le geyser, en gagnant de la hauteur, s'interrompit tout à coup, tandis que l'espèce de nuage noir qui en restait affectait une forme étrange : tandis que le vent s'acharnait à le disperser, on eût dit *qu'une énorme main noire s'agitait dans le ciel.* Ses longs doigts crochus semblaient écraser, pétrir une chose innommable – peut-être Crane et sa monture ? – avant de s'effilocher sous l'action du vent, qui venait de redoubler de violence.

C'est pourquoi la plaine de sable gris devint très vite une sorte de brouillard de cendre, aveuglant les yeux, irritant les gorges, faisant se cabrer tous les chevaux affolés par ce phénomène. Brewster ordonna un repli stratégique qui se transforma bien vite en sauve-qui-peut général.

Enfin, lorsque le détachement fut sorti du cirque rocheux, il se retrouva à l'abri. Derrière les soldats, l'entrée du défilé était maintenant obstruée par le brouillard de cendre, qui s'était fixé à cet endroit *sans chercher à se répandre à l'extérieur*, bouchant hermétiquement le passage, pareil à un rideau gris d'une opacité absolue.

– Que vous en semble, sergent ? demanda Brewster, s'efforçant de ne rien perdre ni de son flegme ni de sa morgue.

– Voilà plus de trente ans que je sers dans cette région, *sir*, et jamais je n'ai vu de choses pareilles !

Agacé, le lieutenant se tourna vers Sherkhan, le prisonnier sikh qu'il avait emmené sur ordre du colonel :

– Durant tout ce voyage, tu n'as pas desserré les dents. Mais je sais que tu peux me comprendre et me répondre. Qu'as-tu à dire ?

Le guerrier eut un sourire sarcastique :

– Que peut dire un mortel face à la puissance des démons, officier anglais ? Toi-même, malgré tes soldats, tu ne peux rien contre eux. Soumets-toi donc et prépare-toi à mourir !

– Que me chantes-tu là ? Je veux que tu m'expliques ce qui vient de se passer. Réponds ou je te fais arracher ta barbe pour la donner en pâture à mon cheval !

C'était bien là la pire insulte que l'on pouvait faire à un Sikh. Pourtant, Sherkhan répondit sans s'émouvoir :

– Fais tout ce que tu voudras, officier anglais ! Jamais tu ne pourras vaincre l'esprit d'Abdul Alhazred. Seul, notre prince a pu s'en faire un allié définitif, en le faisant périr de la malédiction dont il nous avait fait présent !

– Comment ? De qui parles-tu, vermine ?

– Je crois qu'il fait allusion à une espèce d'ermite à moitié fou qui vivrait dans ces ruines, à ce que disent les indigènes, *sir*, expliqua Stevens. Il passait pour un thaumaturge surpuissant, invulnérable et…

– Sornettes ! coupa Brewster. Et je vais le prouver : cet Abdul Je-Ne-Sais-Quoi t'a donné des pouvoirs magiques, dis-tu ? interrogea-t-il, tourné vers le Sikh.

– Oui, pour te vaincre, officier anglais ! Toi et tes soldats, vous êtes déjà condamnés !

– Erreur, *native* : c'est toi qui l'es !

Ce disant, le lieutenant dégaina son revolver, visa le Sikh au front et pressa la détente. Sherkhan dégringola de son cheval et ne bougea plus.

– Et voici l'action du plus grand des pouvoirs ! ricana Brewster en rengainant son arme.

– *Sir* ! Regardez ! s'écria le sergent.

Sautant à terre pour examiner le cadavre, il montra à tous ses camarades une tache noire qui s'agrandissait au centre de la poitrine, comme si elle la rongeait. Sous les yeux horrifiés des Anglais, le corps du Sikh se décomposait à une vitesse stupéfiante, devenant en quelques minutes une immonde putréfaction.

Stevens se rejeta en arrière, poussant lui aussi un cri d'horreur : ses mains, qui avaient touché l'ignoble chose, devenaient noires et se putréfiaient à leur tour, à une allure effrayante…

6 – Le camp de la mort noire

L'éléphant offrait une image horrifiante, tant par son aveugle fureur qu'à cause de sa langue et de ses babines, qui semblaient rongées par une sorte de gangrène innommable. Un véritable pourrissement les avait noircies, au point de provoquer, par places, la chute de morceaux de chair putréfiée. C'était donc au travers d'une bouche atrocement mutilée que le pachyderme lançait ses barrissements de rage et de souffrance.

Son affolement l'avait projeté hors de l'écurie qu'il avait partagée avec ses cinq congénères. Brisant ses entraves, défonçant le double vantail, il s'était élancé dans la vaste cour, filant droit sur une section à l'exercice qui s'était égaillée sans ordre devant cette charge irrépressible. Deux *mahout*[8], qui tentaient audacieusement de calmer le pachyderme fou, avaient été balayés en deux coups de trompe.

Complètement hors de ses sens, l'éléphant était allé ensuite donner de la tête contre le *Zamzamar*, toujours installé au centre de la place d'armes et que ce choc n'avait même pas ébranlé. Sans doute étourdi, l'éléphant était resté debout, immobile, des râles roulant dans sa gorge tandis qu'un liquide noirâtre, visqueux et nauséabond commençait à s'écouler de sa bouche et de l'orifice de sa trompe.

Très maître de lui, le capitaine Crawford s'avança, le fusil en mains. Il épaula, visa soigneusement et tira. Atteint juste entre les deux yeux par la balle de gros calibre, l'éléphant chut tout d'une pièce et demeura inerte.

– C'était le dernier vivant, devait dire le caporal Warson, qui remplaçait le sergent Stevens dans les soins à donner aux éléphants du régiment. Toutes les autres bêtes ont crevé au cours de la nuit. J'ai examiné leurs litières et leurs mangeoires : elles sont pleines de cette espèce boue noirâtre. On dirait du pétrole qui aurait un goût de pourri…

– Parce que tu y as goûté, imbécile ? s'écria le capitaine Crawford. Irais-tu jusqu'à boire une eau infectée pour voir d'où vient la typhoïde ou le choléra ?

Le caporal exhiba un flacon :

---

[8] Dresseur d'éléphants.

– Soyez sans crainte, *sir*, j'ai mon médicament personnel. Avec un bourbon pareil, vous remettez un paralytique sur pied au premier godet !

Cette médication énergique ne l'empêcha pas de passer de vie à trépas dans le courant de la nuit suivante.

Depuis dix jours, une véritable psychose s'était emparée de Camp Dennisson à mesure que l'épidémie y exerçait ses ravages. Des quelques sept cents personnes occupant la forteresse, plus des deux-tiers étaient soit déjà mortes, soit agonisantes sur des grabats ou dans des mouroirs improvisés que l'on ne parvenait plus à désinfecter. En effet, la Mort Noire, car il fallait bien désormais l'appeler par son nom, se révélait omniprésente : elle noircissait les murs et tous les objets aussi affreusement qu'elle putréfiait les êtres.

Fiona Booth et quelques-unes de ses plus vaillantes compagnes s'étaient transformées en infirmières volontaires pour lutter avec un authentique héroïsme contre ce mal issu de nulle part – certaines disaient : *de l'enfer.* Il leur fallait quotidiennement supporter, outre les décès qui se multipliaient inéluctablement, l'aspect des corps si atrocement gangrenés par la maladie, et qu'elles s'efforçaient de nettoyer, gardant ainsi sur leurs mains, sous leurs ongles, dans les plis de leurs doigts cette pourriture indescriptible qui ne pouvait même plus les émouvoir : au-delà de l'écœurement, il ne reste que la terreur et l'horreur, sœurs jumelles infernales que les jeunes filles affrontaient à chaque instant.

Plusieurs étaient mortes, elles aussi, soit contaminées, soit d'épuisement. Enfin, un jour, l'une d'elles s'était trouvée en présence d'un homme réduit à l'état de cadavre ambulant : le visage cruellement décharné, il s'était levé, marchant et poussant des cris de bête ; ses jambes, pourries jusqu'à l'os, se dérobèrent tout à coup sous lui. La jeune fille, après avoir vu ce spectacle, avait marché calmement, toute pâle, vers une fenêtre et s'était défenestrée, échappant à une horreur insupportable par ce moyen suprême.

Le colonel Hamstock était mort parmi les premiers, suivi du colonel Wilkinson et de Mrs Gainsborough. Il sembla alors à tous que la fin de ceux qui représentaient les plus hautes autorités du fort s'était confondue avec celle de Camp Dennisson : partout, la Mort Noire s'était infiltrée, à tel point que certains contaminés étaient tombés raides morts d'un seul coup ; ce n'était qu'après qu'apparaissaient sur leurs corps les stigmates de la maladie, plaques noirâtres de chair se putréfiant à une vitesse phénoménale, disséminées d'abord, puis prenant rapidement possession du corps entier, pour n'en laisser qu'un amas fangeux et sans couleur.

Le capitaine Crawford, aidé de l'aspirant Wilcox, tous deux miraculeusement épargnés, réussissaient tant bien que mal à maintenir un semblant d'ordre dans le fort, que l'épidémie menaçait toujours de désorganiser totalement. Grâce à eux, le chaos ne s'installa pas mais…

– C'est un sursis, et c'est tout ce que nous avons accordé à Camp Dennisson, confia un jour Wilcox à Fiona. Il mettra plus longtemps à mourir, voilà tout.

– Vous n'avez pas le droit de parler ainsi ! protesta vivement la jeune fille. Êtes-vous toujours officier d'une armée victorieuse, oui ou non ?

– Plus maintenant : la Mort Noire est le plus implacable des adversaires. Que Dieu nous accorde une fin sans trop de souffrances, c'est tout ce que nous pouvons encore oser Lui demander !

– Taisez-vous : voici le capitaine Crawford. S'il vous entendait…

– Il m'approuverait : ce matin, il a découvert les premières taches noires sur son propre corps. Il fera peut-être comme certains, qui se sont tiré une balle dans la tête le jour où ils ont commencé à trop souffrir. Quant à moi, mon tour ne va pas tarder à venir, ainsi que le vôtre, Fiona : réaliser, accepter la situation telle qu'elle est, c'est notre unique voie, à présent !

Et les prisonniers ? Le prince Kabir et ses guerriers ? La Mort Noire était apparue juste après leur libération sur parole, dont ils avaient d'ailleurs assez peu profité : le lendemain de cette mesure de grâce, on les avait vus déambuler un peu partout dans le fort. Puis, ils avaient réintégré leurs cellules, dans le corps de garde, sans plus jamais en sortir.

Un jour plus tard, la Mort Noire était là.

Ne doutant pas que les Sikhs étaient les porteurs de la maladie, des soldats avaient voulu pénétrer de force dans le corps de garde, avec l'intention à peine voilée de les massacrer. Ils étaient ressortis fous d'épouvante. Certains eurent la force de regagner leurs quartiers, tandis que d'autres s'écroulaient, foudroyés par cette Mort Noire qui rendait ses porteurs intouchables, nul ne savait de quelle manière satanique.

Le lieutenant Scroffield avait voulu se rendre compte par lui-même. Il était entré dans le corps de garde… pour n'en plus jamais ressortir. Depuis, le local, que les Sikhs eux-mêmes n'avaient jamais quitté, s'était nimbé d'une sorte d'aura de superstition, car plus personne n'avait osé y pénétrer.

◆◆◆

…Le dernier jour, Fiona sortit, abattue, du mouroir où elle-même, depuis peu, luttait sans espoir contre l'épidémie. Son dernier malade venait d'expirer et elle savait qu'elle ne tarderait pas à le rejoindre. Les deux camarades qui l'assistaient venaient de se retirer en disant qu'elles se sentaient trop faibles désormais. Fiona savait ce que cela signifiait…

À présent, elle aussi se sentait vidée de toutes ses forces… Inutile, tout avait été inutile : les soins, la fatigue, le courage, tout cédait devant l'horreur, devant la Mort Noire. Fiona aussi se savait condamnée : elle n'osait plus relever sa manche droite, pour ne pas voir les sinistres taches qui marbraient son avant-bras…

Pour l'heure, elle se tenait donc debout sur la place d'armes, contemplant l'énorme *Zamzamar*… Inutile, lui aussi : les Sikhs de la tribu de Karkoram-le-Terrible, le bien nommé, avaient utilisé une arme à la fois plus terrifiante et plus subtile pour anéantir leurs ennemis vainqueurs. Toute l'horreur de l'âme humaine se révélait à Fiona Booth, jadis pensionnaire innocente de l'Institut Victoria… Qu'elles étaient loin, les leçons de maintien, de bonnes manières, de danse, de rhétorique, de tout ce qu'une jeune fille bien née de la *gentry* se devait de savoir pour briller plus tard dans le monde ! Le destin avait voulu qu'elle vienne dans cette contrée sauvage, invitée à un bal d'une garnison victorieuse, pour y affronter la plus hideuse des morts…

Fiona était sur le point de s'abandonner au désespoir lorsque là-bas, tout près du corps de garde maudit, elle aperçut l'aspirant Wilcox.

– Wilcox ! s'écria-t-elle, car elle avait deviné ses intentions. N'y allez pas ! Ils vont vous tuer !

– Me tuer, Fiona ? ricana-t-il en se retournant à demi. Nous sommes tous condamnés, de toute façon.

– Je suis sûre qu'il y a un moyen…

– Que voulez-vous faire ? Envoyer chercher du secours ? Personne n'a pu le faire, tellement la propagation de l'épidémie a été rapide : même les pigeons voyageurs sont morts, même les chevaux… quant aux hommes, vous le savez aussi bien que moi, Fiona ! Et Jason Brewster et son détachement ne sont jamais revenus !

– Ce n'est pas une raison pour abréger le temps qui nous reste à vivre ! Ce serait une insulte à Dieu !

– C'est le Diable qui gouverne ce cloaque qu'est devenu Camp Dennisson, Fiona ! Notre sursis expire aujourd'hui : le capitaine Crawford est mort devant moi il y a une demi-heure : il s'est décomposé d'un seul coup. Si vous l'ignoriez, je vous l'apprends. Ceux qui sont la cause de toutes ces horreurs est là, dans les cellules ! Il faut les châtier ! Je suis le dernier officier vivant, c'est donc à moi d'y aller !

Fiona sentit qu'elle ne pourrait contrecarrer une telle décision.

– Quel est votre prénom ?

– Bertram.

– Bertram, laissez-moi vous accompagner.

Il acquiesça sans rien dire.

Ils entrèrent donc tous deux dans ce qui n'était plus qu'un pourrissoir, à tel point que, sans avoir rien vu à cause des ténèbres opaques, ils durent ressortir bien vite en suffoquant.

Soudain, une silhouette, méconnaissable à cause de la couverture qui l'enveloppait de la tête aux pieds, se dressa devant eux. Fiona poussa un cri d'effroi et se cramponna au bras de Wilcox.

– Tu disais vrai, officier anglais, fit la silhouette, d'une voix étouffée par sa couverture. Toi et cette femme, vous êtes les seuls à avoir encore échappé au Mal des Démons !

– Pas seuls, puisque tu es là, Prince Kabir ! fit Wilcox, tout en portant la main à l'étui de son revolver.

– Tu m'as reconnu, officier anglais ? Et tu veux sortir ton arme pour me tuer… Ah ah ah ! Tu veux me tuer, *moi qui suis déjà mort depuis dix jours !*

Il fit entendre un rire d'une très curieuse, en fait très désagréable résonance, comme si des cliquetis ou des craquements s'y emmêlaient. D'autres se firent entendre lorsque le prince masqué marcha vers Wilcox. L'aspirant sortit son revolver et tira. Une balle… Deux balles… L'autre rit encore sans tomber, sans même chanceler sous les impacts. Wilcox vida ainsi en vain le barillet de son arme. Le prince masqué leva la main. Une main décharnée, où les os apparaissaient beaucoup plus que peau et chair…

Wilcox s'effondra, sans que l'autre l'eût touché.

Fiona hurla : l'immonde putréfaction commençait… !

L'homme masqué s'adressa à elle :

– Je ne souhaite pas que tu meures, jeune Anglaise innocente. Va et survis, si le désert et les bêtes sauvages te laissent en vie.

– Trop tard ! cria-t-elle en relevant sa manche droite. Vois donc : ta vengeance est accomplie, même au-delà de tes désirs. Quelle chose hideuse pour un rajah de sacrifier son propre fils à une œuvre de vengeance !

– Mon père ne m'a pas envoyé ici de sa seule autorité : l'esprit d'Abdul Alhazred y a contribué, sache-le, petite femme. La victoire n'a pas de prix pour un Sikh. Les Démons voulaient que la Mort Noire nous emporte tous. Mais ils m'ont accordé une grâce : depuis dix jours, je me promène entre le monde des morts et celui des vivants, pour vous regarder tous agoniser. C'est pour moi la plus belle des victoires ! Tiens, petite Anglaise : puisque tu ne veux pas fuir, emporte donc dans ta mort le masque de la Mort Noire !

Ce disant, il fit choir sa couverture et se montra tout entier. Ce fut un cadavre, un squelette auxquels adhéraient encore des lambeaux de chair noircie, qui fit pousser à Fiona Booth le dernier cri de sa vie. Mourut-elle de terreur ou de la Mort Noire ? Les Démons, qui s'emparèrent aussitôt, dans un grand geyser noir, des restes du prince Kabir, sont seuls à le savoir…

Épilogue

Mais les Démons sont capricieux.

Peut-être magnanimes…

Le lieutenant Brewster, après avoir vu se décomposer le corps du Sikh, puis celui de Stevens, avait décidé de rentrer aussitôt, avec ses hommes, à Camp Dennisson, comme l'officier zélé qu'il avait toujours été. En cours de route, tous ses soldats et même leurs chevaux moururent, soit aux haltes nocturnes, soit en chevauchant. Sa propre monture tomba alors que, comme mû par une suprême volonté, il avait atteint puis quitté la forteresse, après avoir constaté que nulle vie ne s'y manifestait. Brewster avait marché, puis rampé ou presque… Il arriva enfin à Islamabad. On le recueillit, on le soigna et il se rétablit. Les Démons n'avaient pas voulu de sa vie.

Et voilà comment fut connue la fin des vainqueurs de Sirimak.

◆ ◆ ◆

Conte publié en deux parties dans les numéros 14 et 15 du *Calepin jaune*.

Les esclaves de la lumière

1

Coquard se retourna pour regarder l'heure à la pendule électrique. Des trois compagnons, il était toujours le plus nerveux :

– Il est..., commença-t-il.

– 11 h 05, acheva Pierrot. On le sait bien : voilà exactement cinq fois soixante secondes que tu nous as annoncé 11 heures.

– Parce que tu as compté cinq fois jusqu'à 60 ?

– Ça m'aide à réfléchir...

Coquard, que l'on surnommait ainsi depuis l'enfance, à cause de l'étrange tache violacée encerclant son œil droit, le considéra avec surprise :

– Et on peut connaître le sujet de tes réflexions ?

– Tu le connais très bien.

– Pierrot a raison, intervint Jeff. Ferme-la un peu, maintenant.

Non, il était impossible à Coquard de se taire alors que son esprit entrait en ébullition. Évidemment qu'il comprenait le sujet de réflexion ou, pour mieux dire, d'inquiétude, d'angoisse de ses partenaires. Il retournait le même dans sa tête.

Jomi, toujours Jomi !

Cela faisait ce soir – Coquard fit un bref calcul mental – cent-vingt-huit nuits qu'ils restaient là tous trois, attablés au bar du Grand Hôtel des Arts, moins pour y prendre le der des ders que pour s'y ronger méthodiquement les sangs. Et toujours au sujet de Jomi, lui, l'esclave comblé. Et d'Elle, la Lumière généreuse, munificente et, en même temps, dominatrice, dévoreuse, jamais rassasiée...

Coquard et ses amis, ce soir-là, frissonnaient d'une angoisse infiniment plus forte que celles qui avaient été leurs compagnes durant les cent-vingt-sept autres soirées et qui fuyaient toujours, mise en déroute provisoire dès que Jomi faisait son entrée dans le bar.

Mais, ce soir-là, Jomi était en retard d'une heure.

Cela ne pouvait avoir que de terribles causes !

Coquard allait annoncer l'heure pour l'énième fois mais, à cet instant, il demeura immobile, gardant, comme soudainement figé, la torsion qu'il venait d'imposer à son buste.

– Et alors ? s'enquit Pierrot, intrigué. Il est 11h10, c'est ça ?

– Là...

Coquard n'avait pu articuler ce mot. Et en dépit du fait qu'il ne désignait rien, Pierrot et Jeff surent tout de suite, comme sous une mystérieuse influence, où diriger leurs regards : vers la porte d'entrée.

« Elle » était là, verdâtre et pulsante, multipliant des filaments ténus et les déployant graduellement dans toutes les directions, comme un énorme éventail ou plutôt une toile tissée par une araigne de lumière...

Aucun des trois hommes ne comprit si c'était si c'était, d'après l'adage bien connu qui fait revoir toute sa vie à l'approche du trépas, ou bien par l'entremise d'une des multiples formes de suggestion que possédait la Lumière, qu'ils pouvaient revoir en imagination le commencement de l'immatériel cauchemar...

Cinq ans, seulement cinq ans plus tôt...

2

Joseph Mignard rêvait-il parfois ? Nul n'aurait pu l'affirmer en voyant cet adolescent monté en graine, air que ses 22 ans bien sonnés ne parvenaient pas à effacer de toute sa personne. Joseph Mignard se contentait de son boulot de BT, comme il l'appelait, content d'avoir trouvé un synonyme – BT ou Bouche-Trou – au sigle MA ou Maître Auxiliaire, trop administrativement académique à son goût.

À cette époque, Joseph Mignard, encore plus content d'avoir réussi, pour un trimestre, à entrer dans la carrière parce que l'un de ses aînés n'y était plus, très provisoirement du moins, enseignait donc Vivaldi, Mozart et Beethoven aux 5èmes et 4èmes du collège de... Peu importe le nom. Joseph Mignard était satisfait de boucher le trou laissé par une Madame Quelconque, enceinte et sans doute bien contente de pouvoir tranquillement attendre son héritier en abandonnant à son très jeune collègue les descendants de la Flemme et de la Pagaille réunies. Mais, en début de carrière, un p'tit prof, à plus forte raison un MA-BT, accepterait d'instruire, autant que faire se peut, une classe de cynocéphales, plutôt que de se retrouver à l'ANPE. C'était dire jusqu'à quel point avait été poussée par les circonstances la préparation psychologique de Joseph Mignard.

Le meilleur moment de sa journée restait cependant celui où il pouvait enfin, après un repas hâtif et un rapide survol de quelques devoirs-torchons à gribouiller au stylo rouge, se retremper dans le bain de la musique, la vraie naturellement, pas les harmonies systématiquement défigurées dans la journée par le je-m'en-foutisme des mômes. Enseigner, pour Jomi – car Joseph Mignard redevenait alors Jomi – n'était qu'un moyen de gagner sa croûte. Son vrai métier était la musique. À 6 ans, la première guitare ; à 8, le piano ; à 12, le conservatoire ; à 15, le groupe de lycée ; à 18, le premier prix de piano, le deuxième d'orgue, le premier récital à l'étranger – Mayence, RFA – avec le *Guitare Club.*

L'ensemble polyphonique était venu un peu plus tard, après un bac durement empoché pour apaiser les légitimes inquiétudes parentales.

Cet ensemble, Jomi le devait à Marc-Henri Darcy – un sobriquet comme *Coquard* était tout de même moins malvenu pour désigner l'ami de toujours. Coquard, le bricoleur passionné d'électronique qui pouvait tout partager : connaissances, savoir-faire, jusqu'à la bourse… ! Aussi, petit à petit, l'ensemble polyphonique s'était constitué : trois synthétiseurs, six claviers, accouplés à douze baffles et à quatre tables de mixage… En vérité, ni Coquard n Jomi n'avaient mémorisé la liste complète du matériel, qui allait en augmentant graduellement.

Après avoir longtemps végété dans une sorte de hangar à peu près propre et sec, appartenant aux parents – résignés – de Jomi, les éléments de l'ensemble avaient un beau jour franchi le seuil du *Grand Hôtel des Arts.*

Ce vénérable établissement avait jadis été l'orgueil de G***, la petite ville où exerçaient Jomi et Coquard, le premier en tant que MA-BT, le second en qualité d'ingénieur électronicien aux Télécom. Le *Grand Hôtel des Arts* avait été, bien des années plus tôt, le lieu de séjour privilégié et obligé de tous les plus ou moins bohèmes, plus ou moins talentueux, que leurs occupations de prédilection désignaient comme des artistes. *« Nous avons défendu les Arts ! »* proclamait la mémoire des édiles de G*** qui s'étaient successivement efforcés d'entretenir complètement la bâtisse et un tant soit peu ses locataires – parmi lesquels, il est vrai, s'étaient comptés quelques grands noms de la musique, de la littérature et des arts plastiques et picturaux de France. Finalement ruiné, presque déserté par les enfants des Arts, ce nouveau temple des Muses avait été racheté par Mademoiselle Félicité-Anastasie de Saroyan, *la Folle* pour les gens du pays, *la Dixième Muse* pour ses locataires : des artistes aux effectifs souvent variables et toujours réduits, qu'elle couvait de regards sinon admiratifs, du moins protecteurs. Ils représentaient le dernier moyen de dilapider sa fortune ancestrale, disaient les mauvaises langues.

Pourtant, la reconnaissance de Jomi et de Coquard, qui trouvèrent dans l'établissement un grenier assez vaste pour loger tout l'ensemble polyphonique, sans risques pour ses délicats organes, avait été telle que, par la suite, ils ne sollicitèrent plus rien d'autre de cette aimable et encore alerte septuagénaire. Ils furent comblés quand le batteur Pierre Flipot dit Pierrot et le Portoricain émigré Jefferson Jackson alias Jeff, qui flirtait avec tous les instruments à vent, vinrent se joindre à eux – d'abord par curiosité envers ces harmonies planantes, irréelles, quasi spatio-temporelles que Jomi et Coquard créaient de leurs doigts ; mais la conviction qui animait les deux compères ne tarda pas à devenir aussi la leur. Ainsi naquit JOMI, nom du groupe, qui fut ainsi choisi, sans jalousie ni flagornerie, par les amis de Mignard.

JOMI fut d'abord un groupe comme tant il s'en forme, qui débuta comme tant débutent : concerts privés, puis p'tit bal du samedi soir après l'turbin, pour lequel JOMI n'était pas fait ; après le quatrième, l'opinion des gens, elle, était faite : « *On ne peut pas danser là-dessus.* » Réponse de Coquard : « *C'est notre musique qui danse et pas ceux qui l'écoutent.* » Cette phrase, historique sans l'avoir cherché, fut reproduite dans les canards locaux puis dans la presse parisienne, lors du premier concert de JOMI à Bercy, au cours duquel le groupe fêta son premier anniversaire.

La raison de cette insigne faveur ? Jomi, le fondateur, avait écrit des chansons – paroles de Coquard – pour le demi-dieu disque d'or du moment – dont le nom importe peu car nous ne figurons pas sur la liste de ses fans. Reconnaissant, il avait invité JOMI pour servir de toile de fond à son spectacle. Accompagnant cette première expression lyrique, une musique de film fut signée Pierrot et Jeff, arrangée au synthétiseur par Mignard. Il ne fallait pas un coup de chance supplémentaire pour que la déesse Gloire dépouille son strass, son lamé et ses paillettes pour s'offrir, chaude et vibrante de désir, à JOMI tout entier.

L'ère des grands concerts publics avait alors commencé : Paris La Concorde, Londres, New York, Houston... Bien sûr, avant tout cela – et pour permettre à tout cela de se réaliser –, il avait fallu enregistrer, produire des albums ; guigner et aguicher les hits-parades... pour un résultat dépassant toutes les espérances : le million et demi d'exemplaires vendus du premier CD : *Krypton,* donna un air de fête au *Grand Hôtel des Arts,* qui, rénové par cet apport d'argent frais, devint le quartier général définitif du groupe. Le deuxième album : *Aurore boréale,* confirma l'engouement du public. Le troisième : *Noël sur Altaïr,* offrit à JOMI – ou plutôt à Jomi – le trône de « Prince incontesté de la musique électronique ». Le quatrième : *Zoulouland,* étonna car Jeff y avait mis beaucoup de cette Afrique où avaient vécu ses lointains ancêtres. Le cinquième : *les Chemins galactiques,* grilla tous les records mondiaux de l'audiovisuel en s'agrémentant d'un extraordinaire clip vidéo. Le sixième enfin : *Rencontre,* avait l'air d'une promesse, qui fut tenue à l'occasion de l'époustouflant concert à Houston (Texas), face à près de deux millions de spectateurs subjugués.

C'était pourtant le tournant fatal pour JOMI...

3

« Comment ai-je pu... Quand l'ai-je faite... COMMENT ? QUAND ??? » songeait Coquard à toute allure tandis que les lumineux filaments, de plus en plus ténus, tissaient autour de son corps, parfaitement immobile sur sa chaise, la plus arachnéenne des toiles incandescentes.

Il sentait son être devenir la proie de la terrible amie qui avait su si bien, auparavant, servir la gloire de JOMI. Déjà, il n'y voyait plus mais n'avait pas besoin d'yeux pour deviner le supplice de ses deux compagnons : eux-mêmes devaient sentir s'effondrer jusqu'à leur moi intérieur, envahi, dépassé, vaincu par Elle, la Lumière, créature que la folie – rime du génie – de Coquard en personne avait fait naître.

« Quand ? Pourquoi ? À quel moment ce monstre a-t-il pu m'échapper ? » s'efforçait-il de penser consciemment alors que, déjà privé de la parole, il ne se voyait plus qu'à demi dépossédé de sa conscience...

4

Au début, plus précisément ce jour du 24 décembre – la coïncidence avec cette date symbolique avait fait revenir Coquard à la foi de son enfance –, la Lumière n'appartenait qu'à lui. Il l'avait découverte, puis amenée à maturité dans le vaste grenier de l'hôtel, ou plutôt dans la partie qu'il avait aménagée en laboratoire de recherches.

Sitôt passée la « première » à Bercy, il avait remercié les Télécom, de même que Jomi avait, pour sa part, envoyé l'Éducation Nationale au diable. Bref, Coquard faisait de l'œil depuis longtemps à la fée Électronique pour qu'elle favorise ses projets.

L'ensemble polyphonique, c'était déjà une réalisation de première, mais encore impropre à satisfaire les ambitions très personnelles de l'ingénieur-bricoleur génial. Cela, il n'avait pas pour but de le devenir, sachant parfaitement que c'était chose faite. Aussi, tout en tripotant, farfouillant, trifouillant dans les entrailles des synthés et autres claviers magiques, avait-il eu un jour l'intuition de ce qu'inconsciemment encore il cherchait depuis des années.

Au fond, qu'y avait-il de plus commun que des claviers, certes créateurs de rêves multisoniques mais qui ne fonctionnaient que grâce au doigté d'un virtuose tel que Jomi ? Celui-ci était d'ailleurs en plein accord avec son ami : à notre époque, la musique se devait d'être aussi visuelle qu'auditive ; d'où l'orientation des recherches de Coquard.

Et la Lumière fut.

D'abord, une paire de projecteurs lasers dont un savant jeu de miroirs réfléchissait les pinceaux lumineux, les faisant s'entrecroiser et même se toucher, s'interpénétrer à une fréquence réglable ; c'était ces contacts qui créaient les sons.

Ensuite, en faisant varier l'intensité des faisceaux lasers, Coquard parvint à créer des notes, reconstituant toute la gamme. Dièses, bémols et bécarres naquirent peu après par le même procédé, poussé à un degré supérieur de perfectionnement… Formidable ! Génial ! C'était tout cela à la fois.

– Formidable et génial tant que tu voudras, mon petit vieux, avait commenté Pierrot. Mais tu as calculé les intervalles entre chaque note ? Tu ne seras jamais, malgré tous tes efforts, aussi rapide que la lumière : 300 000 km/s à rattraper, c'est quelque chose, je t'assure !

– J'y ai pensé et c'est déjà parfaitement au point. Regarde : mon vieux copain – il montrait un calculateur électronique – m'a ordonnancé tout ça. Et il pourra le faire à la place de n'importe qui pour exécuter n'importe quelle partition, très bientôt !

– Ton petit bijou d'ordinateur va donc tous nous faire mettre au rancart, c'est bien ça ? Réfléchis : si c'est vraiment lui qui règle toute la zizique, qu'est-ce qu'on fichera sur scène, pauvres musiciens humains sans avenir ? Que Monsieur le serviteur du progrès électronique et musical m'excuse : j'ai un rendez-vous à prendre avec l'ANPE !

Satané Pierrot ! Ce bougre-là avait vraiment le chic pour vous démoraliser et vous faire toucher du doigt votre sottise : par la faute d'un génial crétin, JOMI allait être supplanté par un ordinateur dans tous les concerts à venir ! On n'assassine pas Mozart impunément !

Il convenait donc de préserver l'initiative personnelle du musicien, c'est-à-dire celle de Jomi en personne puisque c'était lui l'interprète principal du groupe.

Coquard reconsidéra donc l'ensemble de ses recherches, repartant même de la base, sans trop savoir pourquoi d'ailleurs. C'est à ce point précis que le cauchemar avait commencé, de toute façon.

Il fallait ne laisser à l'ordinateur qu'une marge d'intervention réduite, afin qu'il pût coopérer seulement en cas d'erreur de l'exécutant, c'était clair. Pourtant, Coquard songea plutôt à modifier les agents de production des faisceaux lumineux. Quelle raison, ou plutôt quelle force mystérieuse l'y avait donc poussé ? Nul, pas même lui, ne devait jamais le savoir.

Ainsi, il imagina d'utiliser l'une de ses anciennes inventions, pour laquelle il n'avait jamais sollicité de brevet. C'était un nouveau modèle de flash électronique, au moyen desquels il éclaira les rubis synthétiques chargés d'émettre les rayons lasers, reprenant ainsi à son compte l'expérience de Maiman[9]. Les rubis émirent docilement leurs faisceaux mais le comportement de ces derniers fut de nature à défier tout esprit scientifique : ils partirent droit, puis *se courbèrent* comme des filaments incandescents. Une seconde après, ils décrivaient des arabesques, des vrilles, dans un sillage de lumière, pareils à des comètes sans tête, se séparant même des rubis d'où ils étaient issus !

_____

[9] Le physicien américain Maiman découvrit le laser en 1960 par ce même procédé.

48

Devant les yeux de l'ingénieur, qui ne savait plus s'il était stupéfié ou terrorisé, les faisceaux cessèrent bientôt de virevolter à travers la vaste pièce, pour se réunir en un énorme bloc compact, verdâtre, pulsant comme s'il possédait un muscle cardiaque... puis éclata en une myriade de paillettes qui s'écrasèrent contre les murs, les solives de la toiture et tous les objets que contenait cette partie du grenier.

Coquard lui-même ne fut par épargné par ce fantastique arrosage. Il hurla de terreur et de douleur en sentant de multiples brûlures à tous les points d'impacts situés sur son corps, même à travers les vêtements. Des fusibles sautèrent dans l'appareil, un début d'incendie se déclara... rapidement jugulé par la Lumière : verdâtre, omniprésente, elle nimbait comme un fluide chaque paroi, chaque solive, chaque objet, toujours pulsante, toujours vibrante, presque *vivante*, eût-on dit ! Coquard vit lui-même son corps, auquel les paillettes s'étaient amalgamées comme par une extraordinaire osmose, devenir verdâtre et quasi translucide tandis que les pulsations de la Lumière le parcouraient en tous sens. Elles résonnaient dans sa tête comme de formidables coups de gong, à tel point qu'il ne pouvait plus entendre ses propres hurlements de terreur. Il ne voyait, ne sentait plus rien d'autre. Il se retrouvait plongé au sein d'une sorte de néant créé, voulu, dirigé, par la Lumière dont il avait lui-même favorisé la naissance. C'était la Lumière avec une majuscule car elle était un être vivant, qui avait pris possession de son créateur et dont la volonté occupait maintenant toutes les capacités pensantes et agissantes de son cerveau.

« *Tu es à moi ! Tu es à moi !* » répétait-elle, s'imposant à celui qui, déjà, ne se croyait plus humain.

Lorsque Jomi, Jeff et Pierrot, alertés par une odeur stagnante de brûlé, firent irruption dans le grenier, ils y trouvèrent leur ami étendu, inerte, sur le plancher, qui ne portait que quelques traces de roussi, ainsi qu'il s'en trouvait un peu partout ailleurs. Quelques appareils, leurs fusibles détruits, dégageaient encore un peu de fumée. Les pompiers, appelés par les voisins car les effets de la Lumière avaient été aperçus de l'extérieur, n'eurent rien à éteindre et se retirèrent, plus que surpris par ce peu banal sinistre.

Coquard fut néanmoins transporté à l'hôpital, où les médecins ne diagnostiquèrent que des brûlures légères. Dès qu'il revint à lui, il insista si vivement pour partir, malgré les objurgations des spécialistes et de ses amis, qu'il réintégra le *Grand Hôtel des Arts* au bout de trois jours seulement.

Là, couché dans son lit, il demeura prostré durant une journée entière, refusant de répondre à toute question.

– Vous me croiriez fou ! J'ai engendré un monstre ! criait-il dès qu'on l'interrogeait.

Seule, la menace de le ramener à l'hôpital parvint à le contraindre aux confidences. Il ne fallait pas, disait-il, qu'Elle en possède d'autres. De toutes façons, Jomi, Jeff, Pierrot, Coquard, JOMI tout entier donc, était à présent possédé, de même que quiconque approcherait désormais Coquard.

Lorsqu'ils surent, ses amis ne le traitèrent pas de fou, tout simplement parce qu'ils ne comprirent rien à son histoire. Ils voulurent visiter le grenier, malgré ou plutôt à cause des affirmations du malade : on allait bien voir s'il était « hanté » ou « possédé ». Tous y entrèrent et... les pompiers furent appelés une seconde fois pour un incendie inexistant ; les habitants du quartier avaient vu ou cru voir des « lueurs vertes » et de la fumée s'échapper d'entre les tuiles et par les lucarnes... Si loufoque paraissait cette affaire qu'elle s'étouffa d'elle-même.

À quoi bon décrire ce qui était arrivé aux quatre amis dans ce grenier infernal ? Il suffit d'avoir assisté à leur concert de Houston pour apprendre comment la Lumière les possédait tous dorénavant et pour constater à quel point elle contribua au plus époustouflant de leurs triomphes.

Sous les yeux émerveillés de plus de deux millions de spectateurs, Jomi pianota d'abord sur un énorme clavier semi-circulaire, dont chaque touche était large comme la moitié de sa main. Curieusement, les doigts du musicien ne faisaient qu'effleurer les touches ; ils les survolaient plutôt, tandis que celles-ci, s'allumant chacune alternativement d'une couleur différente, créaient les harmonies psychédéliques de *Krypton V, Aurore boréale III et IV, Rencontre II* et autres des œuvres désormais immortelles de JOMI. En vérité, c'était la Lumière, l'être sans visage et aux formes renouvelables à l'infini, qui produisait l'extraordinaire musique, ainsi que bien d'autres effets : *Rencontre*, en particulier, fut précédé de deux extraits de films, projeté sur la face lisse d'un haut building tenant lieu de gigantesque écran, pour montrer deux événements historiques : le premier était le célèbre discours du président J F Kennedy au sujet de la colonisation de la Lune par les Américains :

« *We chose to walk on the Moon, not because we're easy but because we're hard !* »[10] ; le second découvrit le sol lunaire qui se rapprochait, tandis que la voix de l'astronaute Neil Armstrong comptait les derniers mètres, puis annonçait que le LEM *Eagle* venait de se poser sur la Lune.

En face de JOMI, sur le stade occupé par deux millions de fourmis humaines, le délire s'emparait de la foule. Elle ne pouvait savoir néanmoins que ces prodiges techniques étaient l'œuvre de la Lumière, qui créait les images *en les puisant directement dans l'esprit de Jomi et de ses compagnons*. Eux-mêmes : Pierrot à sa batterie électronique, Jeff à son saxophone, Coquard à ses tables de mixage, subissaient la loi de la Lumière créatrice…

Cette dernière avait choisi de se manifester directement au public à la fin du spectacle. Ce qui aurait pu être une incommensurable terreur, sachant ce qu'était le monstre lumineux, devint pour le public non averti une apothéose sans précédent dans l'histoire de JOMI : on vit le fondateur du groupe quitter son clavier, se placer devant une batterie de sept projecteurs qu'il dominait de toute sa taille. Et puis… la foule hurla d'admiration : sept pinceaux de lumière verdâtre montèrent lentement vers les mains tendues de Jomi, qui prenait la position de Moïse demandant à la Mer Rouge de s'ouvrir devant son peuple. C'est ainsi qu'en interrompant alternativement avec ses mains la course ascensionnelle de tel ou tel faisceau, Jomi interpréta *Rencontre II*, le dernier tube du groupe. Plus que du délire, ce fut une véritable hystérie collective qui s'ensuivit.

Le malheur fut qu'elle tourna complètement la tête de Jomi.

---

[10] « Nous avons choisi de marcher sur la Lune non parce que c'est facile mais parce que c'est difficile. »

51

5

« *Rappelle-toi, Créateur !* » *disait ou plutôt suggérait la Lumière tandis que ses filaments spiraux ligotaient Coquard, serrant ou desserrant leur étreinte selon le rythme de leurs pulsations.*

Lui-même et ses amis ne pouvaient rien faire ni espérer un quelconque secours. Ils étaient seuls dans la salle du bar car, depuis longtemps, le Grand Hôtel des Arts était vide, Mademoiselle de Saroyan elle-même, malade, s'étant retirée dans une ville d'eaux. Quant aux autres artistes locataires, ils avaient tous fui, terrorisés par les phénomènes dont ils n'avaient eu pourtant dont ils n'avaient eu pourtant qu'un bien faible aperçu...

« *Rappelle-toi, Créateur !* » *réitéra la Lumière, forçant la mémoire de l'homme à se livrer...*

6

Deux jours après leur retour de Houston, alors qu'il s'agissait de préparer un projet encore plus ambitieux : une série de concerts en Chine, en Inde et au Japon, Coquard prit rendez-vous avec Jomi, démarche plutôt anormale entre amis intimes mais nécessaire car le fondateur du groupe, seul à avoir préféré restaurer un appartement dans le *Grand Hôtel des Arts* au lieu de s'acheter sa propre maison, se voyait quotidiennement assailli par des paparazzi, des compositeurs, des organisateurs de spectacles, sans oublier les démarcheurs et les quémandeurs de toutes sortes dont aucun n'était jamais éconduit.

Coquard se rendit donc directement dans la pièce servant de bureau à son ami mais ne l'y trouva pas. Par contre, des harmonies synthétisées traversaient le plafond.

« *Le génie compose !* » se dit Coquard en montant à l'étage supérieur.

Mais le spectacle qu'il découvrit dans le grenier – devenu auditorium – le cloua sur le pas de la porte.

Debout sous les sept projecteurs, Jomi, entièrement nu, se laissait baigner dans la Lumière, qui l'enveloppait de voiles et d'écharpes comme une brume verdâtre. Elle avait pétrifié Coquard dès son entrée car c'était, en effet, elle seule, de sa propre volonté, qui le paralysait de la sorte, en même temps qu'elle plongeait Jomi dans une extase, une véritable jouissance qui devenait spasmo-dique...

À la fin, il eut une ultime convulsion qui déclencha comme un orgasme. La Lumière disparut d'elle-même et le corps de Jomi s'affaissa.

Coquard se précipita pour le relever mais eut un de douleur dès que ses mains touchèrent le corps de son ami : il brûlait comme un fer porté au rouge !

– Que faisais-tu ? Tu es devenu fou ou quoi ? Ce monstre va...

– Tais-toi !

Ayant imposé silence à son camarade, Jomi se releva sans peine et s'occupa à remettre ses vêtements épars sur le plancher.

– Que faisais-tu ? répéta Coquard, presque effrayé soudain par le regard intense que son ami dardait sur lui.

– La Lumière est ma maîtresse, répondit le compositeur d'une voix fiévreuse. Je L'ai conquise, Elle est à moi, chaque fois que je La désire !

– Quoi ! Tu veux dire que... !

– Rappelle-toi Houston : Elle exécutait tous mes ordres, qu'Elle puisait dans mon esprit. Et le public me révérait, m'adorait comme un dieu !

– Tu es fou ! Reprends-toi ! J'ignore ce qui se passe mais tu sais, comme moi, que cette Lumière est une créature malfaisante. Qui est-Elle ? D'où vient-Elle ? Est-ce réellement moi qui Lui ai donné vie ? J'ignore aussi tout cela, mais...

– Tais-toi ! hurla presque Jomi. La Lumière est en moi, Elle sert ma gloire, notre gloire à tous : celle de JOMI. Quelle revanche sur notre passé, alors que toi et moi n'étions que des petits fonctionnaires minables, et Pierrot et Jeff des petits musiciens qui couraient les cachets de misère ! À présent, le monde est à nous ! Nous sommes des dieux ! Regarde-moi : je suis un dieu !

Et Coquard ne vit plus devant lui qu'un être qui n'avait rien d'humain : toutes les parties de son corps non vêtus étaient devenues lumineuses et verdâtres, tandis que ses yeux se mettaient à lancer des feux de la même couleur !

Coquard s'enfuit, épouvanté.

7

Le lendemain, il manqua tomber à la renverse lorsque Pierrot, Jeff et... Jomi vinrent ensemble sonner à sa porte pour l'inviter au restaurant.

– Qu'est-ce qui t'arrive, mon vieux ? s'inquiéta Pierrot. On dirait que tu vois des revenants !

La veille, sitôt après avoir fui le grenier, Coquard avait couru chez les deux musiciens pour leur raconter ce qu'il avait vu. Mais, à sa profonde stupeur, il les avait trouvés étrangement désinvoltes, presque absents tandis qu'il évoquait devant eux les terrifiants détails de la transfiguration de Jomi. Celui-ci lui apparaissait à présent tel qu'il l'avait toujours connu et Coquard possédait suffisamment d'empire sur lui-même pour maîtriser son émotion, même dans une telle situation...

8

– Oui, continuait la Lumière, tu as toujours été assez fort pour m'empêcher de dominer ton esprit. Lors de notre première rencontre, je t'ai fait seulement perdre conscience, sans parvenir à te posséder. Mais tes amis, Jomi surtout, sont infiniment plus vulnérables que toi : j'ai réussi à leur faire croire que j'étais leur alliée, travaillant pour leur gloire de pauvres humains stupides et orgueilleux. Toi, je n'ai réussi qu'à t'endormir... jusqu'au jour où tu as vu de tes propres yeux comment je pouvais donner à Jomi – et aux deux autres aussi, mais cela, tu l'ignores encore – des jouissances quasi charnelles ! Car c'est par la chair que l'on domine les hommes, infiniment mieux que par l'esprit !

« JOMI, lors de chacun de ses spectacles, m'a servi de support pour posséder tous ceux qui venaient y assister. En effet, tandis qu'ils applaudissaient, adoraient leurs idoles, moi, je prenais possession de chacun d'eux !

« C'est là mon unique limite :j'ai besoin de supports vivants et d'intelligences dont je puisse m'emparer pour exercer mes pouvoirs de domination...

– Et maintenant, que vas-tu faire ?

Coquard dialoguait à présent avec la Lumière. Il savait, ainsi qu'Elle le reconnaissait Elle-même, pouvoir Lui opposer une certaine résistance. Il était parvenu peu à peu à lutter, presque à éradiquer l'emprise qu'elle exerçait sur Pierrot et Jeff. Durant plus de deux années, c'est-à-dire durant les cent vingt-huit fameuses nuits d'angoisse, ils étaient demeurés tous trois dans cette salle de bar pour attendre Jomi qui, lui, continuait à se livrer sans retenue à la Lumière, croyant toujours aussi fermement que c'était Elle qui s'offrait à lui !

Ils l'attendaient en frères, prêts à tout tenter pour le sauver mais n'osant monter au grenier, de peur d'une terrible réaction du cauchemar aux yeux verts… !

Et l'horreur durait ainsi depuis près de deux ans !

Même les concerts devenaient des nuits d'enfer, maintenant qu'ils savaient…

Que faire ? Qui pourrait les aider ? Personne : jusqu'à leur mort, ils seraient les esclaves de la Lumière.

– Comme tu peux le constater, poursuivait la « voix » du monstre lumineux, je n'ai fait que jouer jusqu'ici. En ce moment, tes amis, que tu avais cru pouvoir me reprendre, sont de nouveau possédés !

À cet instant, Coquard vit de nouveau – ou plutôt, la Lumière lui rendit pour un instant la vue : assis, immobiles sur leurs chaises, dans ce décor si dérisoire en comparaison de la scène fantasmagorique qui s'y déroulait, Pierrot et Jeff ressemblaient à des momies enfermées dans des entrelacs de bandelettes verdâtres : les filaments de la Lumière s'étaient agglutinés autour d'eux, formant une masse compacte qui épousait les formes humaines ainsi emprisonnées… !

– Vous êtes à moi ! continuait-Elle à proclamer, victorieuse, tandis que Coquard se rendait compte de Sa puissance illimitée.

– NON !!!

Le hurlement avait jailli, non seulement de la gorge, mais aussi de toute la personne de Coquard. Il l'avait lancé comme un karatéka exhale son cri d'attaque, qu'il puise jusqu'aux tréfonds de son être pour libérer l'énergie combative. Cela suffit pour repousser d'un seul coup la puissance de suggestion de la Lumière : elle quitta l'esprit de l'homme pour se déchirer, se fracasser en millions de paillettes, avec un claquement sec qui résonna comme un cri de douleur !

Débarrassé de la gangue lumineuse qui l'emprisonnait, Coquard ne fit qu'un bond vers la porte donnant sur la cage d'escalier, sans se préoccuper de l'incendie que les languettes de Lumière avaient, cette fois, réellement provoqué.

Il bloqua néanmoins devant les flammes l'obstacle temporaire et dérisoire de la porte. La Lumière était partout, toujours aussi fluide, verdâtre, pulsante, mais il n'en avait cure. Jomi… Jomi, là-haut, dans le grenier, devait être encore en train de s'enivrer de volupté dans les formes indéfinies du monstre lumineux… Le sauver ! Ridicule… Coquard aurait beaucoup mieux fait de s'enfuir dehors, dans la nuit. Mais alors, ce jaillissement volontaire d'énergie vitale eût été dépensé en pure perte…

9

À l'extérieur, les voisins avaient une nouvelle fois appelé les pompiers. Ils s'étaient habitués aux « lueurs vertes » car « les dingues de l'hôtel », comme certains les surnommaient, leur avaient parlé des jeux de lumière accompagnant désormais leurs spectacles et retransmis par la télévision. Mais, cette fois, c'était un authentique incendie !

Qui aurait pu en douter en voyant ces terrifiantes flammes, jaillies spontanément, tout comme si la grande bâtisse avait été édifiée sur un volcan brutalement réveillé ?

Bientôt, tout l'armada de circonstance fut rassemblée : les pompiers en tête, concurrencés par la police, les journalistes et la foule des curieux. Le sinistre grondait, hurlait eût-on dit. Certains reporters dotés d'une imagination trop féconde – ou peut-être, qui sait, d'une acuité sensorielle hors du commun – devaient même écrire plus tard que les flammes verdâtres – détail inexpliqué – « criaient de douleur ou de rage » !!!

10

Coquard, qui se traînait pour gravir les dernières marches menant au grenier, ne se souciait même pas d'être devenu une torche vivante : ses vêtements et même ses cheveux flambaient...

Soudain, il se trouva devant la porte du grenier, qui s'ouvrit toute grande.

Jomi apparut.

C'était trop tard : la Lumière était en lui.

L'être qui avait porté le nom et les traits physiques de Jomi saisit alors à bras-le-corps ce qui n'était plus qu'un cadavre embrasé. Puis, il bondit vers l'unique fenêtre du palier, qui explosa littéralement dès qu'il la toucha...

11

Le fracas du verre et du bois brisé fit lever quelques têtes parmi les badauds.

– Attention ! cria-t-on. En voilà un qui saute !

– Il est tout en feu !

Le corps s'abattit au milieu d'un concert de cris affolés. Les corps plutôt, agglutinés et formant pour ainsi dire une masse compacte de chair incandescente...

... Le lendemain et les jours suivants, les journaux évoquèrent abondamment la fin tragique du Grand Hôtel des Arts : aucun des douze locataires, car JOMI accordait parfois l'hospitalité à des artistes itinérants, n'était sorti vivant du sinistre. On n'avait même identifié aucun corps.

Fallait-il en dire davantage ? Oui : il était nécessaire de citer le nombre des victimes, soldats du feu ou curieux imprudents surpris par l'effondrement imprévisible du bâtiment. Celui-ci s'était comme ramassé sur lui-même, au milieu d'un formidable jaillissement d'éclairs verdâtres... !

Par contre, rares furent les articles de presse qui ne traitèrent pas de visionnaires les quelques personnes ayant affirmé, en toute bonne foi, qu'elles avaient vu distinctement, après l'écroulement de l'hôtel, « un fantôme lumineux et verdâtre au milieu des ruines, qui aurait disparu dans les flammes et la fumée vertes, comme s'il s'était fondu en elles... »

Plume de feu, livre de braise

JE suis là pour témoigner.

J'ai écrit. Je l'ai fait. Je n'ai pu faire autrement. Le Livre me tenait. Maintenant seulement, il m'a abandonné, mais il lui reste à faire d'autres victimes.

C'est le destin. Ou plutôt, c'est une partie du destin commune à tous les malheureux qui seront tentés d'entrer dans la salle du chapitre de l'Abbaye - je ne puis la nommer - pour écrire quelques lignes sur le Livre, en action de grâces envers le Saint-Dont-Nul-Ne-Doit-Prononcer-Le-Nom.

Pourquoi tant d'imprécision ? Elle est indispensable ici. Aucun croyant ne doit savoir que le Malin possède sa propre église. Contrairement à ce que l'on croit, elle ne réside pas uniquement dans le cœur des hommes. Elle existe en tant que telle. Je ne puis pas davantage la situer, comme vous vous en doutez.

Dorénavant, toute ma vie, je vais revivre cette abominable journée, où la Plume du Feu de l'Enfer m'a forcé, condamné à écrire dans le Livre de Braise.

♦♦♦

J'étais arrivé, avec mon groupe, dans cette église qui ne figurait sur aucune carte. Elle ne pouvait donc constituer une étape de notre voyage organisé. Pourtant, le chauffeur de notre car n'a pas hésité à s'arrêter devant le parvis. Et nous, nous n'avons pu faire autrement que de descendre pour le fouler.

Je ne revois que la campagne, vaste pénéplaine agrémentée de quelques bosquets et de haies séparant les champs. Est-ce le bocage normand? À moins que ce ne soit un paysage du Devonshire? Je l'ignore et mieux vaut pour vous l'ignorer aussi. Si le Malin veut trouver les hommes qu'il cherche, il n'a besoin, en vérité, d'aucun mortel, d'aucun site, d'aucune circonstance en particulier. Nous avons trop coutume de nous prosterner devant lui.

La preuve : sitôt après cet arrêt imprévu, nous sommes entrés sans hésiter dans cette église, qui n'était pas une église : imaginez-en une qui n'ait aucune empreinte divine, aucune preuve visible de la célébration du culte divin, aucun signe identifiable de la liturgie d'un quelconque saint office. Et, comme nous, vous ne saurez absolument pas dans quoi vous avez pénétré. Mais vous irez, comme nous. Vous ferez, comme nous... Mais, je l'espère ardemment, vous n'agirez pas comme moi.

Nous avons fait ce Signe du Serpent que nous ne connaissions pas. Nous avons entonné un cantique d'*introït*, puis psalmodié un *Kyrie* qui ne correspondait à rien dans nos croyances ni dans nos mémoires. Puis, tandis que mes compagnons se prosternaient, je suis entré, seul, appelé par un nom qui n'est pas le mien, par une voix que je ne puis identifier, dans cette maudite salle du chapitre.

La Plume de Feu dans son écritoire, le Livre de Braise sur son lutrin, m'y attendaient.

En entrant, j'avais cru distinguer, à travers le vitrail aux innommables motifs qui s'ouvrait dans la porte, une silhouette indistincte qui, brusquement, s'était levée et avait fui par une autre porte. J'avais même cru distinguer un immense soupir d'aise - de délivrance, devrais-je dire. Je comprendrais plus tard.

La porte s'est ouverte devant moi. Je suis entré dans ce réduit octogonal où, pour tout meuble, il n'y avait que le lutrin, porteur des objets maudits que j'ai déjà cités.

Immédiatement, je me suis placé devant ce lutrin, j'ai pris la Plume de Feu et je l'ai fait courir sur les pages encore vierges du Livre de Braise.

♦♦♦

Quel hideux univers !

Mais, tout d'abord, quelle souffrance de tracer sur cette surface ardente, qui ne pouvait être ni papier ni parchemin, ces signes qui ne provenaient d'aucun alphabet et ne constituaient même pas une écriture à proprement parler. Ma main ne fut plus qu'un amalgame de chair et d'os qui commencèrent à se carboniser lentement, très lentement, dès lors que je me mis à remplir ces pages indescriptibles de ce qui n'était pas une écriture humaine.

Quant au Livre, sa braise ardente ressemblait à celle d'une forge, qui soudait entre elles ma main, ma volonté et cette écriture démoniaque, pour raconter l'innommable, l'affreux secret de l'Enfer.

Sans pouvoir lire, je comprenais ce que j'écrivais. S'il avait plu au Ciel que ce texte fût pour moi inintelligible ! Mais le Ciel même ne pouvait avoir droit de cité dans cette sorte de contre-civilisation dont j'étais condamné, dès lors, à rédiger l'histoire - une histoire qu'évidemment, je ne pouvais connaître !

J'ai eu cependant plus qu'un aperçu des royaumes, des empires dont le Malin voulait partager la gloire avec le Sauveur, s'Il s'était prosterné pour adorer le Tentateur. Nous l'avons fait à sa place, et tant de fois, qu'ils nous sont tous connus sans que j'aie besoin de les décrire. Il suffit bien que j'aie dû les raconter, brûlant ces hideux souvenirs au fur et à mesure que la Plume traçait son récit de flammes sur les braises incandescentes du Livre.

J'ai décrit la ferveur de ces États maléfiques, qui ont consumé leur prestige dans des ardeurs de plaisirs enfiévrés, entraînant à leur suite une humanité corrompue, pareille à ces papillons de nuit qui voient leurs ailes se calciner pour s'être trop approchés du foyer d'une lampe qui, pourtant, les attirait.

J'ai expliqué le mouvement des cieux incendiés sous un soleil à la fois sombre et torride, qui a fait flamboyer d'une lumière noire toutes les ténèbres de cet univers, épuisant toutes les révoltes, toutes les haines pour ne laisser qu'une indicible horreur, impensable même aux pires moments de l'histoire humaine.

J'ai sondé et complété la noire philosophie, la hideuse sagesse des peuples infernaux, dont la corruption n'égale que l'ardeur à transformer toute beauté, toute innocence en une incommensurable pourriture, pour la consumer éternellement dans un feu qui ne s'éteint jamais...

J'ai rédigé sans savoir comment, j'ai raconté sans savoir pourquoi...

Et j'ai retenu des choses incompréhensibles pour les mortels, mais que souffrent les âmes damnées qui foulent pour l'éternité les tisons ardents de l'Empire du Mal.

◆◆◆

La révolte ? Je l'ai connue. Je l'ai même tentée plusieurs fois. En vain.

J'ai voulu poser la Plume de Feu, La jeter loin de moi. Mais il y avait le Livre, qui faisait corps avec Elle, comme ma dextre, désormais, faisait corps avec Eux.

Comprenez comment cette pauvre main, qui se consumait sans brûler ni s'éteindre, ainsi que les mortels l'entendent, pouvait rester enchaînée au Livre de Braise qui la torturait ainsi. Un destin aux couleurs de l'Enfer contraignait également mon esprit à écrire, écrire, écrire encore et toujours le Mal que je lui devais, sous forme de récits abominables. Toute une existence de romancier malheureux, de dramaturge supplicié ou de poète maudit ne peut donner la véritable image de mon martyre.

Qu'est-ce que l'attachement d'un auteur pour son oeuvre ? Une expression de ses sentiments, une part de son coeur, voire un morceau de son âme, surtout s'il est poète... Encore faut-il que ces sentiments, ce coeur, cette âme disposent d'une oasis de pureté où s'abreuveront tous leurs adjuvants, que l'on nomme imagination, expressivité, originalité, harmonie des mots et de leur musique...

Mais alors, dans cette tâche hideuse à laquelle l'Innommable m'avait enferré, il ne pouvait être question de toutes ces beautés sur lesquelles se fondent la vie et l'œuvre de celui qui écrit. En vérité, ni cette oeuvre, ni cette vie ne pouvaient être miennes. Et pourtant, elles avaient été incorporées à mon être, jusqu'à la plus profonde expression de mon moi, pour en faire celui d'un auteur hanté par sa création, au point de la ressentir comme une humeur parasite et corruptrice, dans son sang, dans son souffle, dans l'émanation physique de sa vie !

Rares doivent être les écrivains qui ont ressenti cela.

Ils ne doivent d'ailleurs pas tous passer par cette église du Mal, dédiée au Saint-Dont-Nul-Ne-Doit-Prononcer-Le-Nom.

Quant à moi, j'y étais attendu. Je me souvenais d'avoir entrevu une silhouette fuyante, juste au moment d'entrer. C'était évidemment le précédent auteur supplicié par la Plume de Feu, qui avait écrit dans le Livre de Braise l'histoire du Mal sans cesse recommencée, jusqu'à ce qu'un nouvel arrivant le délivrât.

Et c'était moi.

Maintenant, je n'avais plus qu'à attendre...

♦♦♦

Aux dire de la presse, de ma famille, de mes amis, j'ai attendu environ quatre mois. Entre-temps, la région avait été passée au peigne fin pour me retrouver. J'avais, paraît-il, mystérieusement disparu lors d'un arrêt sur une aire d'autoroute, non loin de C***. Le chauffeur du car, en recomptant ses passagers, s'était, bien entendu, très vite aperçu de mon absence. Tous m'avaient cherché partout, en vain. En désespoir de cause, le chauffeur avait téléphoné à sa compagnie, qui s'était chargée d'avertir la police...

Mais qu'est-ce que tout cela signifie ? Tous ces mots : *aire d'autoroute, chauffeur, car, passagers, police,* n'offrent plus le moindre sens pour moi. Ils me semblent faire partie d'un univers dans lequel je ne pourrai plus jamais m'intégrer comme avant.

D'abord, à cause de ce misérable qui m'a remplacé dans la salle du chapitre de l'église du Mal, devant le lutrin maudit et qui, par cet acte, m'a libéré. Ensuite, et surtout, du fait que j'ai participé, moi, simple mortel, à la rédaction du hideux récit du Mal sur cette terre; du fait que j'ai pris part, ainsi, à la condamnation future des Hommes.

Naturellement, personne ne se souvient de cet arrêt imprévu, de cette église qui n'existe pas, selon l'acception humaine de ce terme.

Mais le lutrin, lui, il existe !

Quelqu'un parmi vous, mes frères les Hommes, peut-il se croire à l'abri des effets et des prédictions du Mal ?

Bien sûr, il est plus que malsain de s'en souvenir...

Mais quelqu'un peut-il jurer n'avoir jamais saisi la Plume de Feu pour, d'une main ardente et d'une écriture enflammée de toutes ses fautes, contribuer à rédiger des tourments du monde humain dans le Livre de Braise ?

N'est-ce pas l'existence de l'Homme qui permet au Mal de subsister ?

Janvier 1998

Le porteur de l'enfer

J'AURAIS tout aussi bien pu l'appeler *le Messie de l'Enfer*, mais l'expression m'a paru par trop sacrilège. D'ailleurs, Satan n'a pas coutume, à ce que je crois, d'envoyer des extras sur terre, étant donné que tous les êtres humains sont parfaitement aptes à remplir ce rôle. Ce qui distingue son œuvre de celle de Dieu, c'est qu'elle est déjà accomplie...

En fait, j'ai longtemps cherché une définition à la personnalité – disons plutôt aux pouvoirs de celui que j'appelle donc le Porteur : mon collègue et ami Claraud. Ce n'est pas son vrai nom, mais je préfère le taire afin que l'on croie mon œuvre issue de la plus pure imagination. Quelle révélation pour le monde des hommes que d'apprendre la présence parmi eux de créatures telles que Claraud ! Les pires tyrans ne sont que des bébés vagissants à côté de lui. Il n'est pas donné à tout un chacun d'être Porteur...

Vous voudriez que je vous explique ce que c'est qu'un Porteur, hein ? Attendez plutôt. Je préfère vous raconter l'histoire telle que je l'ai vécue car, si elle n'a pas de fin, elle a néanmoins un commencement. *En voilà une formule !* s'écriera-t-on en me lisant. Tant pis. Je ne suis pas écrivain, moi, je suis normal. Désespérément normal. Alors, ma foi, je raconte, je raconte comme ça me vient...

◆◆◆

La première fois que j'ai constaté que Claraud n'était pas un type ordinaire, c'est lorsque j'ai dû réparer sa chaise. Nous travaillons – ou plutôt « travaillions », faisons attention au temps – dans la même entreprise, lui et moi : lui comme directeur-adjoint, moi comme agent d'entretien. Vous me direz que ça ne nous disposait guère à devenir des copains. Mais il est comme ça, Claraud : il n'oublie jamais les petits services qu'on lui rend.

Pourtant, je ne faisais que mon boulot en réparant sa chaise. Vous savez, c'est un de ces modèles de siège de bureau qui s'élève et qui tourne. Tout ça serait assez banal si celui de Claraud n'était fait que de métal. Pas le monde rembourrage sur le siège, le dossier ou les accoudoirs. J'en connais qui, dans ces conditions, se seraient vite plaints d'avoir froid aux reins et aux fesses, parmi nos gratte-papier.

Pas du tout le genre de Claraud. Lui, au contraire, ne pouvait supporter que cette chaise-là et aucune autre. Eh bien, vous me croirez si vous voulez mais, quand je suis entré dans son bureau pour lui demander si je pouvais l'emporter à l'atelier, Claraud s'est levé, m'a dit : « Prenez-la ! » et je me suis vite rendu compte que *le dossier était brûlant quand j'ai posé la main dessus !!!*

J'ai passé la main sur le siège et les accoudoirs... Idem !!!

Claraud n'avait rien remarqué : je n'avais même pas poussé un cri, la surprise devait être vraiment trop forte. Jugez d la situation : nous étions en plein hiver; Claraud n'avait pas allumé le chauffage dans son bureau, comme d'habitude et il faisait un froid de canard dans la pièce. Évidemment, il y a des gens qui s'en accommodent très bien. Il venait de se lever de son siège, qui aurait pu être chaud bien sûr, mais il était *brûlant*, comme si on l'avait passé au chalumeau. Voilà !

C'était en quelque sorte ma première rencontre avec le Porteur.

On se connaissait pourtant depuis longtemps. Chaque vendredi soir – c'était devenu une habitude – je lui demandais de me conduire jusqu'au centre ville. Comme je ne travaille pas le samedi, je vais passer la nuit chez Josiane, une agente d'entretien comme moi qui travaille à la RATP. J'avais fait sa connaissance un soir où je m'étais endormi dans le bus pour ne me réveiller qu'au dépôt... Enfin, ça ne vous intéresse pas, d'accord. Eh bien, Claraud m'emmenait toujours et bien volontiers. Le lendemain, j'allais faire un petit billard chez Nino, avec les copains. Je l'avais dit à Claraud et, un dimanche, il s'était joint à nous. Depuis ce jour-là, il était revenu régulièrement et j'avais commencé à cesser de gagner. Mais tout de même, ça ne suffit pas à le rendre étrange. Vous comprenez, c'est seulement l'incident de la chaise brûlante qui m'a mis la puce à l'oreille... et des cloques sur les doigts.

J'ai attendu quelques minutes, le temps que la chaise refroidisse. De temps en temps, je la touchais pour me rendre compte. Il a fallu une bonne demi-heure pour que ce satané siège soit à une température supportable pour mes pauvres mains. Pendant ce temps, Claraud était sorti. Lorsque j'ai quitté son bureau, portant son siège, il rentrait et a paru assez surpris de me voir quitter seulement la pièce. Mais il n'a rien demandé et j'ai filé tout de suite à l'atelier. Là, j'ai constaté, en tripotant la chaise, que la vis sur laquelle elle pivotait d'ordinaire avait en quelque sorte fondu dans son logement, auquel elle s'était complètement amalgamée. Pas étonnant si elle ne tournait plus ! Cette nouvelle découverte, pour incroyable qu'elle soit, ne m'a pis ému outre mesure. J'irai jusqu'à dire que je m'y attendais : brûlante comme elle était, cette chaise ne pouvait que fondre ! Le plus surprenant était qu'elle fondait seulement aujourd'hui. Qu'est-ce qui lui arrivait, à Claraud ? Une brusque poussée de fièvre ? Et il tenait encore debout avec une température pareille ?

J'étais si près de la vérité que je ne la soupçonnais même pas. Quand on veut cacher plus sûrement quelque chose, on le met pratiquement sous le nez de tout le monde, c'est connu. Pour le reste, j'appris bien malgré moi que les Porteurs ne réagissent que par périodes. Savoir pourquoi est hors de portée de l'intelligence humaine. En vérité, l'incident de la chaise était la phase ultime de l'activité interne de Claraud. Je ne le savais pas encore, sinon j'aurais eu connaissance de choses infiniment plus terribles.

Au début de cette poussée de chaleur – je l'appellerai ainsi faute de mieux – un Porteur comme Claraud est obligé de sortir, de préférence lorsqu'il fait nuit noire. La fraîcheur calme ses sens martyrisés. Comme nous étions en hiver et que chaque nuit, depuis quinze jours, il gelait jusqu'à moins treize, le moment était pour lui propice à ce que j'appellerai ses petites promenades de santé. Comment j'ai découvert ça ? Eh bien, pour tout vous dire... Non, je ne vous parlerai pas de pacte avec le Diable, c'est démodé. Ce n'est pas qu'il soit naturel de mettre en doute l'existence du Diable, la question ne se pose même pas. Je préfère seulement donner un aperçu plus clair de ce genre de transaction – si du moins c'est possible.

Essayons.

Il faut vous dire que moi, j'ai toujours été pour l'action directe. Je n'envoie jamais dire les vérités auxquelles je crois et que j'ai décidé d'exprimer. Donc, je me suis pointé chez Claraud – oui, chez lui, pas plus, pas moins – un dimanche après- midi, pour lui annoncer que sa chaise était réparée, en guise d'entrée en matière.

– Et c'est seulement pour m, dire ça que vous venez jusqu'ici ? a-t-il fait, prenant déjà l'air de me reprocher d'avoir abandonné ma partie de billard.

– À votre avis ? ai-je répliqué du tac au tac.

Il a à peine tiqué. Pensez donc : depuis environ sept siècles qu'il occupe le corps d'un tel ou d'un tel, il n'est tributaire que des réactions physiques humaines. Mais un Porteur, s'il a une forme, n'a jamais de réactions visibles. Pour ce qui est des facultés de raisonnement, par contre, il rendrait jaloux les concepteurs de nos meilleurs ordinateurs.

Évidemment, quand on a des pouvoirs comme les siens, il n'y a pas de quoi pavoiser après avoir emprisonné un pauvre mortel. Que pouvais-je faire, moi, contre le seul éclat de ses yeux? Mais non, ce n'est pas la peine de vous attendre à des yeux félins ou démoniaques : si vous ne vous débarrassez pas tout de suite du fatras de nos superstitions à la noix, vous ne comprendrez rien à la suite de mon histoire. Cessez tout bonnement d'imaginer. Les yeux de Claraud étaient bruns, c'est tout ce qu'il y avait de remarquable. Mais, lorsqu'il posa son regard sur le mien, je ressentis comme une bouffée de chaleur, qui devint rapidement une véritable fournaise intérieure, commet si j'avais avalé un plein seau de braises ardentes. C'était plus qu'intolérable ! À un nouveau regard de Claraud, cette horrible brûlure qui m'avait plié en deux, puis jeté à terre, cessa tout à fait. Il m'en resta néanmoins une impression assez cuisante, si j'ose dire, et surtout la certitude que, si je voulais m'éviter à l'avenir d'autres petits désagréments de cette sorte, j'avais intérêt à rester tranquille. Claraud n'avait pas prononcé un seul mot à ce sujet : j'avais cette idée-là dans la tête, c'est tout. À part lui, qui aurait pu me l'imprimer aussi clairement dans le cerveau ?

Toujours par cette forme plutôt mal connue d'autosuggestion, mon hôte m'invita à m'asseoir. Il me retint juste à temps de le faire sur l'un de ses fauteuils. Figurez-vous qu'il était en métal, comme son siège de bureau et que j'y avais déjà laissé tomber mon cachenez. Eh bien, croyez-moi si vous voulez mais l'objet s'est enflammé d'un seul coup, comme si on l'avait arrosé de mazout. En cinq secondes à peine, il n'en restait plus rien, même pas de cendres, comme s'il n'avait jamais existé. Et pas la moindre odeur de brûlé non plus. Vraiment pas catholique, ce feu !

Je vous avouerai qu'à ce moment-là, j'ai carrément failli tourner de l'œil. Non mais, vous vous rendez compte de ce qui se serait passé si je m'étais assis sur son siège de bureau, rien que pour voir s'il était bien rafistolé ? Je crois qu'on appelle ça « une peur rétrospective ». Claraud m'a rassuré en me « suggérant » – il ne disait toujours rien – qu'à ce moment-là, son potentiel n'était pas encore arrive à maturité. J'ai cité sa propre expression. En clair, elle signifie que, tant qu'un Porteur n'est pas chargé à bloc, on peut s'asseoir sur la même chaise que lui et même sur ses genoux, si on ne craint pas les coups de soleil ou quelque chose qui ressemble à ça, en produisant le -même effet. Vous voilà prévenus.

Je m'assis donc... Oh ! et puis, après tout, l'intensité dramatique, ce n'est pas mon genre; alors, j'abandonne le passé simple et je vous raconte tout comme je sais !

Je me suis donc assis par terre, sur l'espèce de moquette qui tapissait son salon. Elle avait de grands poils et si rudes qu'on aurait cru de la fourrure d'ours. Pourtant, en mon for intérieur comme disent les littéraires, je savais bien que ce n'était pas de l'ours. Ni aucun animal connu dans notre monde, sans doute. Ca me chatouillait drôlement à travers mon vieux jean tandis que Claraud me racontait, par le moyen que vous savez déjà, sa petite histoire.

♦ ♦ ♦

Je l'ai vécue comme un film, sauf que le cinéma n'a pas le pouvoir de vous transporter au cœur même de l'action, sinon peut-être par pub interposée pour tel ou tel navet à gros budget.

Moi, j'ai la nette impression d'avoir marché sur ces galets brûlants – mais d'un feu intérieur, donc pas comme ceux que le soleil chauffe sur les plages à la mode…

J'ai vu ces animaux bizarres qui ressemblaient à des caricatures de porcins, hauts comme des chevaux et marchant à quatre pattes – et j'ai su tout de suite que Claraud était en fait *l'un d'eux*…

Je les ai entendus parler – si on peut appeler des paroles leurs couinements et grognements divers – et évoquer leurs problèmes de société…

À les croire, ils ne se supportaient plus en Enfer. Quoi d'étonnant, diriez-vous ? Déjà qu'un monde comme le nôtre peut en donner une assez bonne idée, ajouteriez-vous avec une belle incons-cience. Allons donc ! C'est parce que vous n'y êtes jamais allés que vous pouvez raconter des sornettes pareilles. Moi qui ai tout vu de là-bas ou presque, je peux vous assurer que ces « porcins » qui vivent dans ce club de damnés échangeraient volontiers leur misère contre celle du plus malheureux d'entre nous. Sur notre monde de dingues, au moins, on ne risque pas de se voir *condamné pour l'éternité* à rester infirme et repoussant, au point de risquer d'être chassé avec pertes et fracas de toutes les associations de bien-faisance, lors d'un éventuel séjour sur terre. Pourquoi je dis ça ?

Parce que ces Porcins – je les appellerai comme ça, dorénavant – sont répugnants, voilà tout. Comment, ça ne vous dit rien ? Vous croyez peut-être que « répugnant » signifie seulement boueux, crasseux, puant, pas regardable ? Essayez donc d'imaginer la répulsion, à l'état pur, une idée qui ne tient aucun compte de l'aspect physique; une idée quoi fait de la répulsion une sorte de croyance absolue, à tel point qu'un individu devient répugnant simplement parce qu'il existe... Alors, vous commencerez à comprendre vaguement ce que j'ai ressenti, moi, face à ces bestioles.

Elles avaient le mal en elles comme d'autres ont la lèpre ou la peste, à supposer que ces virus puissent s'attaquer aussi bien aux esprits qu'aux corps des malades...

En même temps, j'ai su qui étaient les Porcins. Franchement, je préfère vous le faire deviner. Pour vous mettre sur la voie, je vous dirai seulement que c'est ce qui nous attend tous si nous participons trop activement durant notre existence à toutes les canailleries du monde humain...

Donc, ils en avaient marre, ces pauvres hères. Mais, bien sûr, il ne fallait pas trop compter sur la mansuétude du patron de l'endroit pour adoucir leurs peines…

Là, je vous vois venir : vous allez me demander si j'ai vu le Diable, hein ?

Et vous, vous avez vu Dieu ?

Sans doute, mais vous n'y faisiez pas attention. Regardez le sourire de votre femme, de votre mari, de vos mômes ou tout simplement celui d'un copain heureux de vous rendre service…

C'est ça, Dieu.

Maintenant, tournez le bouton de votre téléviseur, spécialement à l'heure des informations et regardez la gueule des gens qui se massacrent, quelque part dans le monde ; ou encore profitez de cette caméra si soucieuse de vous informer quand elle vous fait un zoom sur une grosse tache de sang visible par terre, là où un meurtre a été commis…

C'est ça, le Diable.

Évidemment, à côté de ce que j'ai ressenti – je ne peux guère dire « vu » – en Enfer, ce n'est que de la gnognotte. Le Diable, voyez-vous, c'est tout ce qu'il y a de sensations morbides, en nous et ailleurs, tout ce qui amène le mal à s'installer. Voilà. Et c'est l'impression qui planait sur ce charmant pâturage pour Porcins, comme une nuée d'orage... Et encore, cette expression poétique n'a pas grand-chose à voir avec l'atmosphère du lieu.

Et l'ami Claraud, dans tout ça ? C'est vrai, voilà un bail que je ne vous en parle plus, mais quoi, il fallait bien présenter un peu l'univers d'où il est sorti. J'en viens aux explications concrètes, maintenant. Il arrive que le Diable ait envie de se bidonner. Alors, comme ça, mine de rien, il fait semblant d'accéder aux prières de ses Porcins en les renvoyant sur terre... Quand je vous disais qu'ils avaient envie de retourner dans notre monde merdique et que vous ne m'avez sans doute pas cru ! Vous aviez tort, hein ? Alors, le grand chef du troupeau déchaîne son apparente crise de bonté sur l'un ou l'autre de ses Porcins – jamais beaucoup à la fois, sinon il ne rigolerait pas autant – et il les renvoie sur terre.

Sitôt arrivé, le Porcin occupe tout à fait illicitement le corps d'un humain comme vous et moi. Peu lui importe que l'âme de ce pauvre type ou de cette pauvre femme soit condamnée aux limbes pour l'éternité ; ce n'est pas son problème et, après ce qu'il a dû faire pour en arriver là, il n'en est plus à une saleté près, vous pensez ! Seulement voilà : tout à fait à son insu, il a emporté avec lui un peu de la chaleur interne qui règne en Enfer.

Je me rappelle encore mon ancienne institutrice, à l'école libre où j'ai fait ma maternelle, qui nous disait qu'en Enfer « *On souffre, on souffre mais on ne brûle pas !* » Si je ne craignais pas de me montrer irrespectueux envers elle, je dirais qu'elle devait y être allée pour s'être fait une idée aussi précise de la situation.

Donc, les Porcins brûlent intérieurement car une partie de la chaleur infernale est en eux. C'est pour cette raison qu'on les appelle des Porteurs.

Comme on pouvait s'y attendre, un Porteur n'est pas envoyé sur terre gratuitement : il doit payer son séjour. Pour ce faire, il recrute des gens plus ou moins volontaires pour prendre une pension illimitée chez le Grand Fourchu. La plupart des guerres, des actes violents ou simplement dégueulasses sont provoqués à leur instigation. Il est vrai que, parfois, les *humains* n'ont pas besoin d'encouragements de ce genre...

Mais enfin, le Diable emploie cette sorte de moyens pour s'amuser un brin. Il faut croire que, même pour lui, le séjour en Enfer n'a rien de folichon.

C'est là que j'en arrive à Claraud lui-même. C'est un cas, celui-là. Figurez-vous qu'il doit être encore plus satanique que Satan lui-même, puisqu'il a failli réussir à berner son patron. Vous voulez que je vous dise comment ? Eh bien, il a tout simplement utilisé ce qui tient lieu de peau à ses petits frères Porcins. Il la porte carrément sur lui en guise de sous-vêtement. Je sais, ça a l'air d'une histoire de talisman comme on en rencontre dans les contes de fées ou chez les charlatans pourvoyeurs de médailles porte-bonheur. Il faut croire tout de même qu'il en existe des vrais. Comme ces peaux. Quelques-unes l'habillent sous son costume, d'autres tapissent la plupart des pièces de son appartement. Alors là, dès que j'ai compris sur quoi j'étais assis comme un enfant sage, à vivre une pareille histoire, je n'ai pas pu me rattraper et je suis tombé dans les pommes comme le pauvre couillon que je suis.

♦♦♦

Je n'ai pas dû revenir à moi. Pour être franc, je préfère croire que je n'ai jamais repris connaissance, que je vis dans un monde à part, « de l'autre côté du miroir » comme disent les poètes.

Certes, je vis toujours en apparence, rien n'a changé : ni mon boulot d'agent d'entretien, ni mon billard de fin de semaine chez Nino avec les copains... Claraud y vient toujours, d'ailleurs : le directeur-adjoint fraternise toujours avec le Diable, disent parfois les employés, à cent lieues de se douter que la vérité vient de leur brûler les lèvres.

En dehors de ça, je ne vis plus, vous savez…

Attendez avant de rigoler : je suis sur le point de devenir un Porteur moi-même, avec la différence que je n'ai pas eu, moi, à attendre le bout de la route pour me retrouver dans une peau de Porcin. Il fallait s'y attendre, sans doute : on ne pénètre pas chez un suppôt du Diable sans en rapporter un *cuisant* souvenir. Depuis ce jour-là, moi aussi, je réchauffe les sièges, quand je ne les fais pas tout simplement brûler ! Dans le bus, je n'ose plus m'asseoir de peur de faire fondre la banquette : chez moi, j'ai déjà flambé trois fauteuils et un demi-canapé-lit. Je porte en moi la chaleur de l'Enfer, mais à un degré plus fort encore que Claraud.

Pensez donc : chaque nuit, poussé par une sorte de volonté irrésistible, extérieure à la mienne, je sors, vêtu de cette seule peau de Porcin qui a poussé sur moi comme une maladie. Depuis un mois déjà, les flics recherchent en vain *« la silhouette noire et massive du fou assassin qui carbonise ses victimes »*. C'est ça, mon contrat à moi vis-à-vis du Diable. Et je ne suis même pas damné : il faut croire que même mon âme, comme le reste, est partie elle aussi en fumée...

Remiremont, 1992.

Les songes indiscrets

LES divers aléas de l'existence tendent à faire croire aux hommes que le fait *d'exister, d'être* quelque chose, bref, de *vivre*, s'assimile à celui de posséder un corps fait d'os, de chair, d'organes et de sang. C'est une erreur que l'on pourrait qualifier de fatale, s'il n'en existait une autre, plus fatale encore : croire que l'on peut impunément jouir des facultés du *corps spirituel* et, ce faisant, franchir sans vergogne et dans un but fort intéressé l'indicible frontière qui existe entre ces deux formes de vie d'inégale importance, dans la forme comme dans la durée : la chair et l'esprit.

En effet, l'homme possède une conscience dont il n'est pas libre d'user car... Mais n'anticipons pas.

Vous vous demandez comment je puis affirmer de telles choses et les considérer comme des vérités, tout en étant sain d'esprit ? Je le suis effectivement, mais je me déclare *initié*, au sens propre et banal du terme ; seule, mon initiation demeure nécessairement occulte et, si j'en juge par l'utilisation que j'en fis : stupide et criminelle, je souhaite qu'il en soit toujours ainsi.

Je suis sorcier ou plutôt, je le suis devenu en jouant, dans une puérile inconscience, avec les terribles secrets que j'ai découverts par moi-même, durant mon adolescence.

Mon nom est Charles-Albert de Saulcy. Je descends en droite ligne d'une famille de planteurs haïtiens. Tous mes ancêtres étaient des Français de vieille France, c'est-à-dire de vieille noblesse mais ma famille a obtenu la nationalité haïtienne en soutenant, dès 1820, le dictateur Jean-Pierre Boyer lorsqu'il entreprit d'unifier l'île. Les de Saulcy ayant toujours su s'attirer les bonnes grâces des dictateurs suivants : Faustin Soulouque, Sylvain Salnave et Jean-Claude Duvallier, et même s'adapter parfaitement, c'est-à-dire à leur avantage, à l'occupation américaine d'Haïti de 1934 à 1945, ils prospérèrent comme rarement il est possible de le faire et devinrent les plus riches planteurs de coton, de canne à sucre et de bananes de toute l'île, même après la sécession de la République Dominicaine.

Ma naissance à Port-au-Prince en 1902 donna lieu à un événement à la fois mystique et surnaturel.

Ma mère, parce qu'elle avait dû subir une césarienne et, après coup, une importante hémorragie, perdit la vie durant quelques minutes ; c'est-à-dire que son cœur s'arrêta de battre, que sa respiration cessa et qu'elle fut considérée comme décédée par le corps médical qui l'assistait. Peu de temps après, elle revint à la vie, provoquant une vive surprise en même temps qu'une grande joie. Un bonheur encore plus intense que celui des siens rayonnait alors sur son visage. Plusieurs fois, dans mon enfance, elle m'en expliqua la cause.

Tandis qu'on la considérait comme morte, elle se trouvait dans une sorte de long tunnel obscur, à travers lequel elle se sentait comme « aspirée » par une force indéfinissable. Au sortir de ce tunnel, elle avait rencontré une lumière très intense, sans couleur ni forme, mais elle avait compris tout de suite qu'il s'agissait d'un être vivant car il lui posa des questions : « *Es-tu prête à mourir ?* » ou encore : « *Veux-tu revoir ta vie ?* » Ma mère se souvient très bien d'avoir refusé cette proposition, puis d'avoir expliqué - sans parler - à cet être lumineux qu'il lui restait encore trop de devoirs terrestres à accomplir pour songer à mourir alors, tels son enfant à élever, son époux à soutenir en tous domaines, etc. L'être de lumière se tut, disparut et - tel est l'épisode qui m'intéressa toujours au plus haut point - ma mère se vit planant au-dessus de son corps et de plusieurs personnes, médecins, infirmières et familiers, dont mon père, penchées sur elle. Immédiatement, elle réintégra son corps, sans avoir eu le temps de « voir » comment cela se produisait. Aussitôt, elle revint à la vie.

Cette histoire, qu'elle ne confia qu'à mon père et à moi, ne franchit jamais les limites de ce triangle familial. Une de Saulcy ne pouvait se permettre de rendre publiques de telles révélations qui jetteraient le trouble dans nombre de consciences et même dans la plus saine morale chrétienne. Cependant, le fait que mon enfance se trouva, pour ainsi dire, bercée de ce récit, comme d'autres enfants s'endorment en écoutant des contes de fées, provoqua une évolution de ma personnalité, qui n'avait pas grand-chose de commun avec celle de l'héritier d'une importance affaire de plantations. J'affirme n'avoir jamais eu la mentalité d'un propriétaire terrien. Je n'insiste pas sur les vives querelles que j'eus avec mon père, surtout, durant toute ma jeunesse, sur ce sujet brûlant.

Dès l'âge de treize ans, je commençai à développer l'esprit à la fois religieux et thaumaturgique que ma mère m'avait inculqué en me racontant tant de fois son « expérience ». De vieux sages noirs, adeptes du *vaudou*, me prêtèrent plusieurs manuscrits d'un âge si ancien qu'ils n'avaient pu, m'affirmaient-ils, avoir été rédigés par des êtres humains. Mais je me lassai vite de ces incantations et de ces récits sur le mythe des Grands Anciens et de leurs luttes, encore inachevées paraît-il, avec des démons aux noms imprononçables. Ce qui m'intéressait bien davantage, c'était les pouvoirs latents de l'homme, entres autres la faculté qu'il possédait tout naturellement - d'après ces livres maudits - de communiquer, mentalement et physiquement, avec le monde des esprits, c'est-à-dire l'au-delà, où la vie devait se reconstituer après la mort. Je ne doutais pas qu'il s'agissait de l'univers exploré autrefois par ma mère, durant sa première « mort ». Naturellement, je brûlais d'en faire moi-même l'expérience.

Trois années plus tard, un événement douloureux m'ouvrit enfin les portes de ce que j'appellerai désormais *le Monde Interdit*.

J'avais donc seize ans et, depuis deux années, j'étudiais dans une institution de Miami, dirigées par des Pères Dominicains. La volonté de mes parents avait, bien entendu, été à l'origine de cette temporaire émigration. Je m'étais lié d'amitié avec un jeune Américain, Gérald Farlowe, qui partageait mon goût pour la connaissance du Monde Interdit. Il m'avait apporté de grandes lumières sur la question, du fait qu'il était lui-même sujet à des voyages « hors-la-vie », des déplacements hors de son corps et du monde humain, et ce, depuis le décès de ses parents, survenu lors du naufrage d'un navire appartenant à la compagnie baleinière qu'ils exploitaient. Gérald avait six ans à cette date fatale et, depuis ce jour même, il recevait périodiquement, à chaque anniversaire du naufrage, en vérité, la visite des esprits de ses parents, qui l'attiraient dans le Monde Interdit, lui en faisaient contempler les merveilles et goûter la paix absolue, avant de le renvoyer vers sa vie, lui affirmant chaque fois qu'elle n'était pas terminée.

– Pourtant, me confia-t-il (et j'étais le premier à qui il faisait de telles confidences, car même son oncle et tuteur n'avait pas eu cette faveur) je sais que ma vie s'achèvera bientôt car mes parents me l'ont souvent fait comprendre à mots couverts, sans doute pour ne pas me traumatiser.

– Tu en es sûr ? Et tu le souhaites vraiment ? lui avais-je demandé.

– Oui, je le souhaite. Je t'assure que, si brefs que soient mes passages dans l'au-delà (il préférait employer ce terme), j'éprouve toujours de grandes difficultés à me réhabituer à la vie. Quand on a vu cet autre univers, on ne souhaite guère en retrouver un autre, surtout celui où nous vivons qui n'est qu'illusions, lâcheté, misère et malheur, quelle que soit la vie que l'on y mène. Et puis, j'ai trop souffert quand j'ai appris la disparition de mes parents ; maintenant, je souffre trop de ne les retrouver que pendant des périodes si courtes ! J'attends l'anniversaire du naufrage avec un peu plus d'impatience tous les ans... Mon tuteur, qui ne m'aime pas, m'a dit qu'à cette date, je traverse une crise de folie. Et il ose plaisanter là-dessus ! J'en ai assez ! Je préfère mourir, ou plutôt revivre auprès de mon père et de ma mère, qui ont toujours été si bons pour moi... Je l'espère tellement... Je...

J'avais le cœur si serré de voir ses larmes, à ce moment d'intenses confidences, que je changeais vite de sujet. Mais ma soif de connaissances était si ardente que ce fut Gérald, en vérité mon initiateur attitré, qui favorisa mes explorations du Monde Interdit.

Un jour que nous participions à une séance de culture physique, il se mit à faire des tractions aux espaliers, s'élevant à la force des bras en de violents efforts. J'admirais ses prouesses car il était très sportif – contrairement à moi – lorsque soudain, il se laissa tomber au sol tandis que son visage prenait une affreuse teinte violacée. Deux camarades vinrent le soutenir. Moi, j'étais resté sottement inactif, en vérité hébété par ce que je voyais. Il perdit rapidement connaissance et fut transporté à l'hôpital. On diagnostiqua une rupture d'anévrisme. Absolument inopérable. Une semaine plus tard, il était mort.

Profondément affecté par cette perte, je vécus plus d'un mois avec le sentiment d'un vide affreux. L'inutilité de ma vie m'apparaissait comme elle avait dû apparaître à Gérald lors de la mort de ses parents. Mes nuits étaient agitées : je nous revoyais marchant dans les rues de Miami, regardant effrontément les passantes, les suivant parfois ou encore participant à quelque joyeuse distraction en groupe comme seuls savent en inventer les fils de famille qui s'ennuient ! Était-il possible que tous ces chers souvenirs puissent connaître une fin aussi radicale ? Non ! je l'affirmais, j'en possédais l'assurance en moi-même - et pour moi seul. Si j'avais parlé de Gérald dans mes lettres à ma famille demeurée en Haïti, si j'avais eu quelques contacts avec le vieux vautour sentencieux qui servait de tuteur à mon infortuné ami, je ne révélai jamais à personne le secret de Gérald, ni la conviction, fermement ancrée en moi, que je le reverrais bientôt.

Trente et un jours après sa mort, soit le 6 janvier 1919, je me couchai à l'heure habituelle avec le sentiment qu'un étrange sommeil allait s'emparer de moi. Tout était pourtant normal, mais j'éprouvais dans tout mon être une sensation de gêne, pour ne pas dire de malaise : ma poitrine était oppressée, les battements de mon cœur étaient plus lents et résonnaient sourdement contre mes tempes, répercutés par la circulation sanguine. Je m'endormis donc, ou plutôt je perdis conscience au milieu de cet écho qui estompait tous les autres bruits...

Immédiatement, les coups sourds s'unirent pour se muer en une sorte de sifflement fort désagréable, qui blessait l'ouïe mais ne me causa qu'une brève souffrance, car il cessa rapidement. J'eus alors l'impression de pénétrer dans un univers familier, car c'était celui que ma mère m'avait décrit : le tunnel obscur, la grande lumière blanche... Si elle m'interrogeait sur ma volonté de mourir, je répondrais par l'affirmative : tout plutôt que d'abandonner le seul véritable ami que j'aie jamais connu !

Mais, contre toute attente, la lumière s'éloigna tandis que j'avançais. L'Être refusait-il de me parler ? Non, il parla effective-ment mais il était assez bon, assez sage pour ne pas m'accaparer, m'emprisonner dans sa dialectique... Je devrais plutôt dire *nous* plutôt que *je* car, très tôt, je ne fus plus seul : Gérald était là, devant moi, me tendant les bras.

Je l'avais reconnu tout de suite, bien qu'il n'eût plus grand-chose d'humain : son corps ou plutôt son être était fait d'une matière blême, lumineuse elle aussi, mais d'une inconsistance qui la différait profondément de l'Être. Gérald avait encore un visage, le même qu'autrefois bien qu'il fût éthéré, noyé dans une sorte de brume argentée. Malgré cela, il émanait de lui une véritable beauté, faite non de chair mais de luminescence, comme une aura de gloire mythologique. Moi-même, je me sentais doté d'un corps, comme d'habitude, je voyais mes mains et mes jambes mais, en les déplaçant, je déplaçais également la même brume argentée qui ondoyait dans le Monde Interdit... Je ne perdis guère de temps en contemplation et me jetai dans les bras de mon ami. Notre étreinte muette dura peut-être quelques secondes, quelques minutes ou une éternité, je ne sais. Tout comme notre promenade durant laquelle nous planions au-dessus de la ville, au-dessus des montagnes et de l'océan, au-dessus de la Terre et de l'atmosphère, errance intemporelle où nous ne communiquions que par la pensée, dans cet univers où temps, espace et matérialité se voyaient bannis.

Soudain, ce fut un déchirement : Gérald s'éloigna de moi tout à coup, ou bien ce fut moi qui... Toujours est-il qu'en un instant j'avais réintégré mon corps charnel et que je restais étendu parmi les draps et les oreillers froissés, inerte, solitaire, comme rendu à un sort absolument misérable...

◆◆◆

Durant quinze années, j'effectuai ainsi plus de deux cents promenades au-delà du gouffre mortuaire, au-delà des rêves, au-delà du possible. Je retrouvai Gérald, mais aussi d'autres défunts, tels ses parents - je n'ose dire qu'il me les présenta, car les conventions humaines n'ont plus cours dans un tel univers ; un camarade d'étude qui avait été tué d'un coup de couteau par un bandit, lors d'une agression nocturne dans la rue ; l'un de mes ancêtres, le capitaine Charles-Hubert de Saulcy, tué à la bataille de Trafalgar et qui eut la sagesse de ne pas se mêler à notre petit groupe...

Enfin, l'oncle et tuteur de Gérald, après avoir dilapidé la fortune de feu son pupille, mourut lui aussi, mais ne parvint jamais jusqu'à nous : son esprit – ou plutôt son corps spirituel, puisqu'il y avait lieu de l'appeler ainsi – se retrouva prisonnier entre des colonnes de lumière pourpre, comparables à des barreaux de prison incandescents, situés « en bas », ou plutôt sur un plan inférieur de cet espace spirituel. Sa bouche se déformait hideusement parfois sur des imprécations qu'il devait nous lancer, mais qui restaient toujours inaudibles.

C'est à ce moment que je fis, bien qu'assez sommairement à mon goût, plus ample connaissance avec l'Être.

Il était toujours présent à nos retrouvailles, mais demeurait éloigné, comme s'il craignait de troubler nos *échanges* - je ne puis parler de « communication ». Quatre ans après la mort de Gérald, j'étais parvenu à provoquer moi-même cette sorte de catalepsie par laquelle commençaient toutes mes incursions dans le Monde Interdit. Ainsi, je m'y rendais à volonté. Le plaisir de mes retrouvailles avec mon ami était toujours aussi grand, mais il s'y était ajouté, au fil du temps, une curiosité directement issue de mon ancienne passion pour ce monde d'éternité *post-mortem*. C'est pourquoi je commençai par interroger Gérald :

– Je ne puis rien te dire de plus que ce que je vois ici, me répondit-il. En effet, pour te rencontrer, je dois passer du véritable lieu de la Félicité éternelle à ces régions que nous traversons, qui ne sont que des limbes. Mais il m'est impossible de te faire comprendre, à toi qui es encore à demi vivant, comment se présente le séjour des morts : le langage humain ne pourrait y suffire.

Car, bien entendu, il s'exprimait vis-à-vis de moi, pauvre mortel, en un langage encore accessible à mon faible esprit de demi-vivant, d'homme décorporé. Il me fallait donc, pour en savoir plus, interroger l'Être.

Je me décidai dans la nuit du 10 au 11 mars 1934. Gérald, dès que je le vis, s'éloigna de moi, comme s'il avait deviné mon intention ou comme par un accord tacite avec l'Être - qui en profita aussitôt pour s'approcher et me « parler » :

– Tu viens à moi, Charles-Albert, mais il est trop tôt pour toi: ta vie n'est pas achevée. Tu n'es pas prêt à mourir.

– Qui êtes-vous ? demandai-je, nullement découragé car, en dépit de ses termes un peu froids, l'Être exhalait une compréhension, un amour comme jamais je n'en avais connu jusqu'alors.

– Je *suis*, sans plus. J'accorde l'essence à toute existence dans cet univers. Mais toi, un vivant, tu n'as pas besoin de moi. Retourne dans ton monde. Tu as revu l'ami qui était cher à ton cœur. À présent, la sagesse te commande de ne plus entraver son bonheur par tes visites illicites en cette région de l'après-midi. Va ! rejoins ton univers, je le veux !

– NON ! ! ! (Je voulais hurler mais rien d'humain n'est jamais possible « là-bas »). Jamais vous ne m'empêcherez de revenir ici !

– Je peux tout. Va, je le veux !

– Qui êtes-vous, pour avoir tant de pouvoir ? demandai-je encore, angoissé de sentir que je repartais en arrière, repassant à rebours par le tunnel obscur.

– *Va, je le veux !*

– Êtes-vous... Dieu ?

Je ne connus jamais la réponse, si tant est qu'il y en eût une. Je sombrai dans le monde des vivants, celui de tout un chacun, comme une épave rejetée par le jusant sur un rivage de désolation. Et je pleurai comme jamais je n'avais pleuré depuis quinze années.

◆◆◆

Rebelle, je retournai dans le Monde Interdit... pour m'y retrouver solitaire : la désolation s'était mise à régner « là-bas » aussi, de même que la hideur, la haine et la méchanceté, car je voyais et j'entendais des êtres à l'expression hostile et aux paroles malveillantes, qui me reprochaient de troubler leur misérable existence au milieu de soleils aveuglants et d'une chaleur de fournaise, sans commune mesure avec les douces conditions de vie que j'avais découvertes *ailleurs*. Ces ombres me rejetaient, me conspuaient, comme des serpents m'eussent craché leur venin à la face. Chacun de mes retours devait désormais se voir ainsi sanctionné ; on ne brave pas impunément les Heureuses Puissances du Monde Interdit !

Ces déceptions répétées eurent une terrible influence sur mon caractère, déjà bien troublé. Je peux dire qu'à cette époque, j'abandonnai presque tout contact terrestre, laissant ma mère, assistée d'un gérant engagé par elle, régler les affaires des plantations après la mort de mon père. Il ne me fut pas donné de le revoir, lui non plus, après son décès, mais sans doute me voyait-il, lui, s'il lui arrivait de s'attarder aux Limbes des Bienheureux : il devait m'apercevoir « d'en haut », comme un vivant atteint de folie au point de rechercher l'Enfer.

Je ne fais ici aucune comparaison, même en employant ce dernier terme, entre ce que j'ai connu et les fondements de la foi chrétienne - et d'autres religions. Des mots comme *Paradis, Enfer,* ne signifiaient plus rien. Il devait exister une infinité de plans opposés dans le Monde Interdit, et le désir de les explorer tous me tenaillait toujours. C'est pourquoi je résolus de le faire au moyen de ce que j'appelle des « Envoyés », autrement dit : une nouvelle forme de *médiums*.

La nuit venue, j'entrais en catalepsie, mais sans la pousser jusqu'aux frontières du Monde Interdit. Petit esprit plein de malignité, j'allais errer au-dessus des maisons ou des cases indigènes jouxtant les plantations familiales. J'y pénétrais par une indécelable infraction, murs et portes n'offrant plus d'obstacles à mon passage. Puis, j'enferrais mon esprit dans le corps d'un dormeur.

Je l'envoyais, luttant et hurlant d'abord, à demi-mort ensuite, dans les divers replis du Monde Interdit, où il pénétrait comme je l'avais fait mais contre sa volonté, ce qui lui occasionnait une horreur indescriptible. Imaginez que l'on vous contraigne à plonger vivant dans le fameux Moskoë-Ström des pays baltes, décrit dans toute son horreur par Edgar Allan Poe ; que l'on vous fasse marcher sur un fil tendu au-dessus de la gueule incandescente de l'Etna ; que l'on vous mure vivant dans la Grande Pyramide de Kheops, tels les esclaves et les architectes qui collaborèrent à l'édification de ce géant parmi les tombeaux... Alors, vous aurez une vague idée des épouvantables tourments que j'infligeais à mes Envoyés ; encore pyramides, volcans et tourbillons font-ils partie du monde humain ! Mais mes victimes se voyaient précipitées dans le royaume des morts, tout en sachant parfaitement qu'elles n'avaient pas quitté la vie !

Le plus immonde, le plus cruel des sorciers : voilà ce que j'étais devenu, par dépit amoureux envers ce Monde Interdit qui, pour moi, n'entrouvrait même plus ses portes bienheureuses...

Au retour des Envoyés, je ne pouvais rien apprendre car leur esprit n'avait conservé que d'inexplicables horreurs. Nombreux furent ceux qui sombrèrent dans la folie, furent déclarés *possédés* et, devant la faillite des exorcismes auxquels on voulut les soumettre, se virent rejetés par les leurs, moururent de désespoir ou mirent eux-mêmes fin à cette horrifiante existence !

Une nuit, le plus important village indigène situé en bordure de nos terres fut pris d'une terrifiante hystérie collective : les habitants se jetèrent les uns sur les autres, qui avec ongles et dents, qui avec des armes hétéroclites. Soixante-douze personnes furent ainsi massacrées et plus d'une centaine grièvement blessées. La troupe dut intervenir pour calmer cette furie dévastatrice. Et les survivants, pressés de questions, avouèrent enfin l'horrible vérité :

- L'esprit de Charles-Albert de Saulcy est déchaîné ! Il *possède* nos corps et les envoie au diable ! C'est un sorcier ! Un apôtre du Mal !

Toute la région, tout le pays ou presque se dressèrent soudain contre les de Saulcy - et spécialement contre moi. On vint m'arrêter, puis on essaya de prouver que, profitant de l'autorisation accordée à ma famille de fabriquer et de vendre de l'alcool, j'avais réussi à y introduire de ces drogues qui détruisent la personnalité d'un homme et le changent en *zombie*, c'est-à-dire, toute superstition mise à part, en un esclave docile, une pauvre loque humaine sans volonté entre les mains de l'empoisonneur. Un article de la Constitution d'Haïti interdit, sous peine de réclusion perpétuelle, la fabrication et l'usage de telles drogues[11].

Naturellement, on ne put prouver ce qui n'était pas vrai. Quant à la vérité, elle se situait trop au-dessus des conceptions humaines pour que des non-initiés parviennent à la découvrir, évidemment ! Je fus donc libéré, mais soumis à une menace constante de lynchage par les indigènes surexcités. La troupe dut cerner mes propriétés et même abattre plusieurs hommes qui tentèrent de s'y introduire de force. Ma mère et moi engageâmes une petite armée de mercenaires, mais les autorités haïtiennes ne tardèrent pas à nous faire comprendre que notre existence était quasiment devenue hors-la-loi : le gouvernement ne pouvait tolérer que la paix sociale fût ainsi menacée. En effet, par son unique présence en Haïti, la famille de Saulcy entretenait un véritable climat de guerre civile, à tel point qu'aucun de ses membres n'était plus en sécurité dans l'île. Mon cousin Thomas de Saulcy-Lavoussure, né d'une alliance entre nous et une autre lignée de planteurs, fut assassiné en plein prétoire, alors qu'il ne faisait qu'exercer son métier d'avocat. Jamais, dans toute l'histoire de notre petite République, on n'avait constaté un pareil climat de haine et de violence latente - si ce n'est, au siècle dernier, durant la révolte de Toussaint Louverture.

Bref, les de Saulcy furent cordialement invités à vendre leurs biens meubles et immeubles et à quitter Haïti.

On nous fixa même un délai de huit jours, durant lesquels le gouvernement racheta lui-même nos terres et notre maison ancestrale, avec toutes ses dépendances, qu'il nous paya en dollars américains. Ma mère et moi prîmes donc l'avion pour la terre de nos ancêtres : la France, où ma mère s'éteignit trois mois après notre arrivée. Sur son lit de mort, elle me fit jurer *de ne pas chercher à la revoir après son décès* - et avant le mien ! -, elle seule ayant pu deviner la cause de la haine vengeresse du peuple haïtien à notre égard...

♦♦♦

Je suis à présent âgé de quatre-vingt-sept ans et je sais que vais mourir ce soir même. Mes forces déclinantes me permettent tout juste de taper la fin de ce récit. Il est près de minuit et je sais

---

[11] Authentique.

exactement combien de temps il me reste à vivre : douze minutes exactement. Je n'agonise pas : le délire ne s'est pas emparé de mon esprit et ma faiblesse n'est due qu'à la vieillesse ; un précédent et dernier passage dans le Monde Interdit m'a fait rencontrer l'Être, qui m'a révélé le jour et l'heure exacts de ma mort. Ainsi, ma prochaine arrivée dans le Monde Interdit s'assimilera à un séjour définitif. C'est bien ainsi. J'en ai assez de vivre avec le remords d'avoir transgressé les limites humaines, puis d'avoir persisté en causant tant de malheurs. Je me suis confessé et j'ai obtenu l'extrême-onction ou plutôt le sacrement des malades, comme on le nomme aujourd'hui. Je sais que la mort viendra d'un seul coup, sans souffrance ni rémission. Tant mieux. Peut-être ai-je obtenu le pardon divin ?

L'Être qui m'attend n'est sans doute pas Dieu, mais il doit Lui être très proche... Est-ce un ange ? Un de ces Elois dont parlent les théologiens israélites ? Et moi, que vais-je devenir ? Où sera mon corps spirituel ?

Ah ! voilà, je vois tout...

C'est une féerie et, en même temps, une horreur indescriptible !

Mon châtiment terrestre n'était-il pas suffisant ?

Je... Je croyais...

Non...

NON !

NON ! ! !

NNNNNNNNN

(Le manuscrit de Charles-Albert de Saulcy s'arrête là.)

----

18 juillet 1989
1ère publication : n° 39 de la revue l'Encrier, 1992.
*2ème publication : n°3 d'*Une anthologie de l'imaginaire,
éditions Rafael de Surtis, 2000.

La vengeance des Inférieurs

Ma rencontre avec Wolf Schlange date réellement de l'An Un, au-delà des mesures habituelles du temps humain. Lorsque sa création reçut sa complète application, chacun de nous deux a pu se considérer comme responsable de cette évolution absolue, irréversible de l'espace terrestre. Cette histoire n'est autre qu'une seconde Genèse.

J'ai toujours été fasciné par les animaux dits inférieurs, surtout les reptiles. Les ophidiens en particulier éveillèrent très tôt ma sollicitude.

Même un bébé peut tout de suite sentir le danger à l'instar d'un petit animal réagissant par instinct. Ce fut sans doute ce qui arriva à Hercule lorsque, dans son berceau, il étrangla deux aspics avant qu'aucun d'eux ne pût le mordre. Pour ma part, lorsqu'une destinée exceptionnelle m'infligea la même péripétie, je ne ressentis, aux dires de ma mère, qu'une intense curiosité, sans crainte ni désir de délivrance. Ayant relâché surveillance lors de sa sieste dans le jardin de notre villa à Peshawar, elle se réveilla au moment où je recevais dans mon berceau la visite de deux cobras. Horrifiée, sans pouvoir pousser un cri, elle les vit promener sur mon petit corps leurs anneaux écailleux, sifflant, tâtant de leurs langues bifides sans faire mine de me mordre. Vaincue par l'émotion, elle s'évanouit. Revenue à elle, elle me vit dormant tranquillement entre mes langes et mes couvertures : aucun des deux redoutables visiteurs ne m'avait fait le moindre mal.

Par la suite, mes parents tentèrent sans cesse de combattre ma passion grandissante pour la faune serpentine, faisant une chasse impitoyable aux monstres qui prétendaient leur voler l'affection de leur fils unique. Les cobras royaux surtout, mes amis de toujours, se voyaient l'objet d'une guerre sans merci, et j'étais encore bien jeune pour les protéger de cette injuste vindicte. Les conséquences ne se firent pas attendre : une nuit, mes parents furent mordus dans leur lit et décédèrent durant leur sommeil. Je fus recueilli par un oncle veuf, ascète errant qui en avait vu d'autres : ayant fréquemment visité des tribus d'adorateurs de dieux-serpents, il avait appris que les ophidiens venimeux ne mordent que ceux qui les craignent ou qui les détestent, car ils « sentent » la peur ou la haine avec une indicible acuité. Lui me laissa donc entretenir mes amitiés serpentiformes, fermant l'oreille aux avertissements des herpétophobes tout en constatant que, bien que souvent entouré de meurtriers en puissance, je ne me portais pas plus mal que n'importe quel mioche cajolant ses peluches.

À l'école, je fus souvent puni pour avoir dissimulé mes amis écailleux dans mon cartable ou mon casier à livres. Mes camarades européens me fuyaient, tandis que ceux qui appréciaient ce voisinage étaient indigènes. Étant moi-même un *chichi*[12], car ma mère était Cinghalaise et mon père Anglais, je ne m'étonnais pas de cet ostracisme de la part des fils et filles de fonctionnaires occidentaux. Certes, mes amis Indiens ne partageaient pas tout à fait ma passion, mais les serpents faisaient partie de leur univers et n'en étaient bannis que par nécessité. Je devins donc très rapidement pour eux « l'ami des cobras », pour lequel ils éprouvaient de l'admiration et dont ils recherchaient souvent la protection.

Bien entendu, ce comportement ne pouvait avoir qu'une issue fâcheuse : on fait difficilement cohabiter deux entités qui, presque par essence, ne se supportent pas. Un jour, de jeunes Anglais m'agressèrent à la sortie de l'école, armés de bâtons et, pour l'un d'entre eux, d'une machette. Ce dernier, tandis que je recevais une volée de bois vert de la part des autres, attaqua à coups de lame la poche de mon cartable où se trouvait Bu-Aung-Dak, mon meilleur ami cobra. Bien que blessé, celui-ci réussit à jaillir de sa cachette pour mordre la main de son agresseur, qui s'effondra en hurlant. Ce que voyant, ses amis s'enfuirent au lieu de lui porter secours. Ce fut moi qui, bien que meurtri et à demi-assommé, calmai mon cobra puis entaillai la peau autour de la morsure pour faire saigner la victime, seul moyen d'éviter la propagation du venin. Nous fûmes bientôt entourés d'une foule hurlante et affolée. On me ceintura, on m'écarta, on m'emporta, tandis que Bu-Aung-Dak se voyait frappé à son tour à coups de gourdin, sans pouvoir se défendre contre cette grêle de coups. J'appris plus tard, quand mon oncle vint me chercher au poste de police, qu'un agent avait achevé mon ami avec son arme de service. Le jeune Blanc fut sauvé, mais garda un bras paralysé. Mon oncle dut payer 2000 roupies pour ma relaxe. L'affaire se termina là, malgré les récriminations de la famille de « ma victime ».

De tous temps, les humains amis des serpents ont été vénérés en Inde. Ce fut sans doute ce qui me sauva de la vindicte publique.

---

[12] Terme de mépris désignant les sangs-mêlés, en Inde.

Néanmoins, mon oncle m'assura que je devais quitter la région, où je serais désormais un réprouvé, non seulement comme sang-mêlé mais surtout à cause de ce « pouvoir » que j'exerçais sur les serpents. Je quittai donc Peshawar pour Colombo, rejoignant dans la capitale srilankaise un restant de famille de ma mère.

Un autre oncle, une tante et des cousins m'accueillirent avec un respect mêlé de crainte : allaient-ils eux aussi me considérer comme une sorte de sorcier ? Cette attitude orienta ma vocation et mes études futures : je voulais à toute force prouver que mon « pouvoir » était plus qu'une superstition. N'était-il pas possible d'allier la science des Occidentaux à la sagesse millénaire de la grande péninsule ? Je résolus de le prouver et, pour ce faire, j'obtins une bourse pour aller étudier en Amérique. Je deviendrais officiellement herpétologue et j'orienterais mes recherches sur les liens qui ne pouvaient manquer d'exister entre les humains et les serpents – n'étais-je pas un exemple vivant de cette coexistence pacifique ?

Mon but était donc, comme on le voit, des plus pacifiques – des plus humanistes, dirais-je même – et j'ignorais alors jusqu'à quel point il allait transformer le monde, au point de refaire la Création !

À l'université de Providence, j'appris qu'il m'était nécessaire de trouver un maître d'études. On me conseilla l'éminent professeur Wolf Shlange, qui jouissait dans le milieu zoologue d'une réputation quasi-sulfureuse. Je ne devais pas tarder à apprendre pourquoi.

Le premier contact fut glacial : comment ! Un jeune étranger avec un modeste bagage culturel voulait suivre l'enseignement de ce maître ! Quelle prétention, quel manque d'égards ! J'arguai que mes contacts privilégiés avec les serpents devaient me servir de lettres d'introduction. Il me mit aussitôt à l'épreuve : je dus apprivoiser un anaconda de 12 mètres qui jeûnait depuis deux semaines, un aspic qui s'enroula autour de mon bras sans plus vouloir quitter ce refuge, un crotale dont la sonnette s'apaisa à ma vue, plusieurs serpents minutes qui rampèrent sur mon corps sans tenter une morsure... J'oublie de dire que l'anaconda m'avait offert le berceau de ses anneaux, plus confortables en vérité qu'un fauteuil Chippendale.

Shlange fut aussitôt conquis :

– Tu es le grand ami de la gent ophidienne, mais cela ne suffit pas : il te faudra devenir membre de cette illustre lignée, intégrer à part entière cette espèce qui, quoi que l'on puisse en penser, domine le monde depuis sa création.

Shlange m'avoua tout de suite mépriser l'homme. Selon lui, un humain ne valait aucun ophidien. Lui-même, affirma-t-il d'emblée, avait réussi à oublier qu'il était homme. La suite de ses actes me démontra jusqu'à quel point il disait vrai !

M'ayant offert une hospitalité illimitée, il me mit à l'épreuve une seconde fois en m'imposant dès le soir son régime alimentaire et son couchage : saisissant prestement une souris fraîchement morte au fond d'une boîte au couvercle hermétique, il la porta à sa bouche et... j'assistai à l'incroyable scène d'une mâchoire inférieure humaine s'ouvrant comme un gouffre de chair, se distendant jusqu'à quadrupler l'écartement maximum des maxillaires. La souris, avalée d'un trait, disparut dans le gosier, soulevant brièvement au passage la glotte du savant. Il en avala plusieurs ainsi, puis m'en servit deux :

– Ne vous forcez pas à les avaler, me conseilla-t-il, vous ne pourrez y parvenir qu'après plusieurs injections de suc herpétique. Découpez-la, puis mangez-la jusqu'à dernier morceau.

Je réussis tant bien que mal à vaincre ma répulsion... qui s'évanouit à la 3ème ou 4ème bouchée : cette souris était délicieuse, au point de me faire oublier tous les raffinements de la cuisine indienne. Peut-être pourrais-je créer une recette de souris tandoori, semblable au poulet ? Shlange, qui semblait deviner toutes mes pensées, eut un étrange sourire... qui fut mon dernier souvenir conscient.

Je me réveillai le lendemain, comme issu d'un sommeil infiniment plus lourd que de coutume. J'étais couché en rond dans une caisse garnie de paille... Je dis bien « en rond » car mon corps s'était vraiment enroulé sur lui-même. Mes membres eux-mêmes semblaient avoir acquis une souplesse totalement inusitée jusqu'alors, comme s'ils étaient devenus de caoutchouc. Ma peau, par contre – je le constatai sur tout mon corps car on m'avait ôté tous mes vêtements –, était devenue dure et squameuse : une vraie peau de serpent. Qu'étais-je donc devenu ?

Quasi-affolé, je voulus me lever pour courir à la chambre de mon hôte. Stupeur ! Je ne pouvais plus marcher qu'en me traînant, mes jambes n'offrant plus la moindre rigidité, comme si leurs os avaient été remplacés par une matière à la fois dure et souple. Je m'étendis donc à demi sur le sol, apprenant à ramper comme le bébé serpent lorsqu'il sort de son œuf. Mes bras étaient aussi devenus d'une souplesse extravagante. Quant à mes doigts, ils s'étaient soudés et mes mains n'étaient plus préhensiles. Je devais donc me servir de mes bras comme de tentacules, afin de m'aider dans ma reptation.

Shlange sortit à cet instant de son laboratoire et me félicita d'être capable d'apprendre si vite. Il m'avait déjà traité au suc herpétique durant toute la nuit, m'administrant environ 40 injections tandis qu'assommé par le narcotique qu'il avait mis dans ma nourriture, je dormais du même sommeil qu'un patient sur une table d'opération.

– Vous allez couronner mes recherches, mon cher jeune assistant : vous êtes désormais le premier homme-serpent de la création. Votre proximité avec l'espèce dominante vous prédestinait à cette noble transmutation. Êtes-vous choqué, inquiet ? Vous me remercierez bientôt !

En vérité, non, je n'étais ni choqué ni inquiet. J'avais le net sentiment d'être devenu un être exceptionnel. Toute ma vie fut alors transformée : je me déplaçais avec une vivacité et une souplesse inimaginable, traversant même des endroits qui, jusqu'alors, m'étaient interdits, comme les conduites et les interstices les plus étroits. Je grimpais aux arbres en me lovant comme le faisait l'anaconda de mon maître, qui fut mon principal initiateur. Je capturais moi-même ma nourriture, connaissant alors la jouissance de consommer ce que j'avais conquis. En outre, mon corps jadis plutôt mal bâti était devenu une masse de muscles souples et puissants, m'assurant une force et une vitalité jamais connues. D'ailleurs, j'avais examiné mon nouvel aspect dans une psyché : me redressant à demi, et tout en me sentant bien moi-même en dedans, je voyais… un grand serpent aux traits vaguement humanoïdes.

En effet, mon corps s'était transformé en quelques jours sans que j'y prêtasse vraiment attention, obnubilé que j'étais par ma nouvelle vie : mes jambes s'étaient soudées, ne formant plus qu'une longue queue ; mes bras s'étaient atrophiés, avant d'être absorbés, en quelque sorte, par mes flancs ; mon crâne s'était aplati, devenant une masse oblongue, sans barbe ni cheveux, dont seule l'extrémité rappelait vaguement des traits humains. J'étais devenu, selon les dires de mon maître, l'archétype de cet *ophidianthrope* qu'il rêvait de créer depuis si longtemps.

– Je ne pouvais faire l'expérience sur moi-même, me confia-t-il un jour, car je n'avais pas, comme toi, l'étonnante faculté de si bien comprendre et de tant aimer les serpents. Je pouvais tout juste me transmuter quelque peu, comme tu l'as vu le premier soir. Toi, tu n'as plus de limites. Maintenant, tu es le pionnier d'une nouvelle race, et c'est celle-là qui, en devenant la maîtresse du monde, vengera les Inférieurs en proclamant leur Loi !

Je mis longtemps à comprendre cette dernière phrase, qui résumait toute l'ambition en même temps que la science prophétique de Shlange. En fait, tout se déroula ensuite par étapes successives.

Shlange me fit connaître un jour une étudiante qui, comme je l'avais fait, venait de le choisir comme maître d'études. Elle ne s'évanouit pas à mon aspect, ne manifestant qu'un étonnement mêlé d'admiration. En une nuit, elle acquit les même avantages que moi, puis se transforma en femme-serpent, à qui je servis à mon tour de guide. Un second ophidianthrope venait ainsi de naître !

Tout naturellement, notre union fut décidée et consommée d'un accord tacite. Quelle fut la joie de notre maître lorsque naquirent nos premiers œufs ! Ils furent l'objet de tous ses soins en surplus des nôtres. Désormais, le suc herpétique qu'il avait mis au point devenait inutile : la race ophidianthrope étant créée et assurée de sa survie, elle ne pourrait que se perpétuer comme l'avait fait celle de ses ancêtres les serpents.

– Croissez et multipliez ! s'écria Shlange. Voici l'An Un de la Grande Revanche ! À l'aube de l'humanité, un Dieu jaloux de sa création a confiné Son opposé dans le corps du Serpent. Désormais, c'est celui-ci qui à tout jamais règnera, vengeant ses pareils que les Humains avaient relégués au rang d'être inférieurs, nuisibles et porteurs de la suprême malédiction ! Si le Mal est Serpent, que Son règne vienne maintenant et qu'il remplace pour toujours les Puissances du Bien qui l'auront tant fait souffrir !

C'est ainsi qu'aujourd'hui, plus de 10 ans après la mort de notre maître et créateur, prophète des nouveaux Dominants, nous contemplons, ma compagne et moi-même, la conquête du monde de notre multiple descendance, conscients et pleinement heureux d'avoir ainsi remis en place l'ordre antédiluvien, le seul qui pût exister, grâce à l'esprit éclairé de Wolf Shlange, le seul qui eût été apte à assurer la légitime Vengeance des Inférieurs.

Conte publié dans le n°17 de la revue Au fil des pages *en mars 2010*

La vie médiane

FRANCHEMENT, mon cher baron - ou Baron -, je ne sais vraiment pas pourquoi je suis assez bête pour vous obéir, vous admirer, vous vénérer pour ainsi dire ! Je suis à peu près sûre - appelons ça de l'intuition féminine - que je ne parviendrai pas non plus à le faire comprendre à ceux qui, peut-être, liront un jour ce que je suis en train de taper. Ils ne sont pas aussi naïfs que je l'ai été, moi, pour m'attacher aux pas et aux idées de ce sacré type que vous êtes ! Ah ! baron, il y a un monde en vous, à côté de vous, tout autour de vous !

Pas le grand monde, tout de même : vous n'êtes pas plus baron que je ne suis nonne. Simplement, il se trouve que vous vous appelez Jacques Baron, sans titre ni particule, mais que ça vous flatte que les rustres qui habitent près de chez vous vous donnent du *Monsieur le Baron* gros comme le bras. D'ailleurs, dans un coin aussi paumé de l'Irlande, face à l'île de Man que l'on peut apercevoir par beau temps - c'est-à-dire rarement - les gens sont tellement incultes, illettrés même pour la plupart, qu'ils se sont tout simplement imaginé, lorsque vous avez racheté la bicoque pourrie du baronnet O'Flahearty, que vous étiez noble, comme lui, mais pas décavé, contrairement à lui. Alors, ma foi, comme ils sont pratiquement incapables de différencier un baron d'un Baron...

Que vous soyez Français, ils n'y ont pas fait attention non plus : dans la langue de Shakespeare comme dans celle de Hugo, tous les barons se ressemblent, même pour l'orthographe du titre. Le seul ennui, c'est que vous n'avez pas renouvelé certains baux des fermiers de l'ancien propriétaire. Ah bah ! ils sont partis et c'est tant mieux : ils n'avaient pas assez d'assurance pour sortir sains d'esprit du monde où vous vous retirez parfois - en m'emmenant avec vous, bien sûr.

D'ailleurs, vous m'avez toujours embarquée de la même façon. Pourquoi vous vous êtes tout de suite intéressé à moi, une petite pute des docks de Liverpool, ça, Dieu seul le sait. On ne peut pas dire que je vous avais séduit : on est bien montés ensemble, mais pas pour faire l'amour : vous m'avez tout de suite fait des propositions honnêtes - alors ça ! quelle surprise ! -, des propositions d'embauche, ni plus ni moins ! Et même pas pour tous les trucs vicieux auxquels je pense, du fait que j'y suis habituée depuis l'âge de 13 ans. Non. Vous vouliez une... secrétaire! Ouais! Pas croyable! Tenez : essayez un tantinet de vous mettre à ma place : je me voyais en secrétaire, avec un joli tailleur, des bas, du maquillage et, pourquoi pas, la bonne paire de lunettes dont j'ai bien besoin; pensez donc qu'en montant avec un client, il m'arrivait de rater une marche parce que je n'y voyais que dalle ! Rien que ça m'aurait sorti de mon merdier quotidien.

Je peux bien vous le dire, Baron - j'utiliserai la majuscule, désormais - : je ne vous avais pas cru. Le baratin, j'en avais déjà entendu de toutes les façons. Une fois, un gosse de riches que je venais de dépuceler voulait m'emmener en Amérique. Le pauvre chéri, il chialait à fendre les pierres quand je l'ai foutu à la porte ! Tandis que vous... Je le répète : je ne vous ai pas cru, mais vous aviez votre regard de python hypnotiseur, sauf votre respect. Pourtant, je me disais : "Celui-là, il ne rêve que d'aventures sophistiquées. Il veut une "secrétaire" pour la manger des yeux toute la sainte journée et la sauter le soir après le turbin." Eh bien, mes aïeux, même pas ! Vraiment, jamais je n'aurais pu deviner !

Enfin, excusez si je raconte les choses dans l'ordre. Pas ma faute : je ne suis pas écrivain comme vous, moi. Je trouve un peu normal, au point où nous en sommes, de vous imiter de temps en temps; J'ai même envoyé hier un recueil de poèmes à Londres, inspiré des expériences que vous n'avez fait vivre... Oui, admettons que j'aie oublié de me montrer aussi discrète que vous l'auriez voulu, mais tant pis : je n'en pouvais plus, il fallait que je raconte.

Mais vous savez, aujourd'hui, les poètes, tout le monde s'en fout. Je suis, ou plutôt j'ai été assez bien placée pour savoir ce qui branche vraiment les gens; il suffit de s'en rapporter à mes glorieux antécédents... Mais, si j'ai choisi, en dehors du petit récit que je compose maintenant, de présenter ainsi nos avatars communs, c'est justement pour que tous les critiques tombent dans le panneau en considérant ça comme de la pure imagination; ce n'est que de la poésie, après tout.

Donc, mon cher Baron, vous m'embarquâtes z'un soir pour votre somptueuse demeure. De Liverpool jusqu'à la côte irlandaise : mon premier voyage en bateau ! Splendide ! Je vous baisais les pieds ! J'étais prête à tout pour vous satisfaire, ô munificent Baron ! Même la mère Curmugeon, ma maquerelle, en bavait de jalousie !

Traversée sans histoire, arrivée à bon port... D'accord, je suis discrète : je ne dis pas lequel.

Trajet en calèche - parce que les automobiles, ça vous dégoûte, vous me l'avez dit - puis arrivée dans votre domaine. Rien de celle de la nouvelle Mme de Winter à Manderley : j'ai emprunté quelques romans signés Daphné Du Maurier dans votre bibliothèque, et je vois bien que notre arrivée n'avait rien de romanesque. Même pas un domestique pour nous accueillir. La vieille Barkis qui vous sert de bonne à tout faire en était à son jour de repos. Tant mieux : j'en ai profité pour vous montrer que mes talents ne se limitaient pas à ce que vous pensez. Franchement, Baron, avez-vous déjà mangé un meilleur steak frites dans toute votre vie ? Essayez de me soutenir le contraire !

En ce qui me concerne, je n'ai jamais mieux dormi que cette nuit-là. Je ne me suis même pas réveillée avec la hantise d'un client attardé à satisfaire, comme tant de fois auparavant. Vous n'êtes même pas venu, vous, Baron, me retrouver dans ma chambre - qui avait pourtant une porte de communication avec la vôtre. Cependant, si vous l'aviez fait, j'aurais dit oui oui oui ! ! ! Bien trop contente ! Ou plutôt non, je n'aurais pas pipé mot; pour l'une des rares fois de ma garce de vie, j'aurais pris mon pied comme une épouse modèle.

Par la suite, d'ailleurs, vous ne m'avez jamais demandé de m'épouser. Remarquez, je ne m'attendais guère, tout de même, à devenir Mistress Baron, du moins pas du jour au lendemain. Mais, sans rire, j'espérais sincèrement que ma présence dans votre petit royaume serait justifiée par autre chose que ces séances de spiritisme ou je ne sais trop quoi; ou encore, ces formules que vous me faisiez répéter et dans lesquelles je m'embrouillais tellement ! Vous m'auriez appris le français, je m'en serais mieux tirée ! Enfin, je vous devais bien ça. Mais je dois vous dire, pour être tout à fait franche, que je vous ai cru fou à lier plutôt dix fois qu'une !

...Jusqu'au jour où vous avez fait remplacer toutes les vitres du château. Quand je vous ai demandé pourquoi, vous m'avez répondu qu'on y verrait mieux comme ça. Dites donc ! Il ne faut quand même pas me prendre pour plus gourde que je ne suis en droit de l'être ! C'est ce que j'ai répliqué. Alors, vous avez ri comme jamais je vous avais entendu rire. Puis, vous m'avez déclaré :

- Prissy, ton temps est venu. Le mien est "mûr" depuis longtemps, mais je devais former une partenaire; on résiste mieux à deux à ce genre d'épreuve. Maintenant, tu es prête et réceptive comme jamais femme ne le serait. Il faut commencer sans plus tarder.

Bien sûr, la curiosité féminine jouant, je vous ai demandé "d'éclairer ma lanterne", comme vous dites si bien en français. Alors là... j'avoue que vous m'avez flanqué une de ces pétoches ! Vous avez commencé par me débiter tout ce que j'avais dans la tête, en appelant ça "télépathie", si je me souviens bien. Puis, sans transition, vous m'avez prise par la main et... je me suis mise à flotter à vos côtés au milieu des nuages ! Impression justifiée : le plancher, les murs avaient disparu sous une espèce de brouillard gris, un peu comme le *smog* qui est encore plus sale à Liverpool qu'à Londres. Et nous flottions au milieu du néant car, autour de nous, les couleurs s'étaient effacées... Vous vous souvenez comme j'ai eu le vertige, comme je me suis sentie partir... *Illusion*, m'avez-vous dit quand nous sommes revenus sur terre, comme des débarqués de la lune. En fait, la plus débarquée de nous deux, c'était moi; mais j'ai eu l'impression que le plus lunatique, c'était vous quand vous m'avez annoncé tout de go :

- Dorénavant, toi et moi vivrons à mi-chemin entre le rêve et la réalité, ou plutôt les états de la conscience qu'il est convenu d'appeler ainsi dans notre univers humain. C'est beaucoup plus complexe en vérité, mais la frontière entre ces deux univers, ce *no man's land* entre le temps et l'espace, reste très dangereuse. Prudence rime ici, plus que jamais, avec récompense. Elle sera belle, si tu m'obéis.

Je n'y comprenais toujours rien, évidemment. Cela n'a commencé à s'éclaircir que le soir-même et, pour ça, il a fallu que je fasse une belle sottise : réciter à haute voix, comme ça, pour m'exercer, les dernières formules que vous m'aviez fait entrer dans le crâne - et que j'étais loin de maîtriser. Heureusement que, logeant à côté, vous m'avez entendue parce que j'étais tellement horrifiée, vu ce qui s'est passé ensuite, que je n'ai pas pu pousser le moindre cri. Autour de moi, les murs lambrissés de ma jolie chambrette avaient fait place à une espèce de caverne, ou plutôt de temple car j'entendais vaguement je ne sais quels fidèles psalmodier des patenôtres aussi infernales que celles que je venais de jeter au vent, comme une pauvre idiote que j'étais ! Et devant moi... Oh ! L'horreur ! Pire que ce matelot sadique qui avait failli m'écharper avec son cran d'arrêt, une nuit, dans les docks ! C'était une espèce de crapaud géant, avec des ailes de chauve-souris et des tentacules qui s'attachaient ou plutôt qui lui poussaient au niveau de la ceinture - si l'on peut dire ! Et cette saleté-là qui me regardait comme jamais un client, sado ou non, ne m'avait jamais reluquée ! Tout a disparu à votre entrée. Vous êtes arrivé juste à temps pour me ramasser dans vos bras parce que, cette fois, quand même, j'ai tourné de l'œil comme une fille de la haute qui prend un coup de chaleur à son premier bal.

Des siècles plus tard, j'y étais toujours, dans vos bras, petit Baron de mon coeur, grand coquin que vous êtes ! Et cette fois, au moins, vous avez su profiter de l'occasion, comme un grand, et vous m'avez possédée presque jusqu'à l'aube.

C'est à partir de ce moment-là que commence ma seconde éducation - ou la troisième, si j'estime que vous m'aviez déjà transformée en fille bien élevée comme Henry Higgins l'a fait pour Elisa Doolittle dans *My Fair Lady*. Vous aviez vraiment l'air, le lendemain de cette horrible nuit, de gronder votre petite fille qui avait joué avec le feu sans permission. Et vous me conseilliez de ne jamais recommencer toute seule. Mieux : vous me le faisiez jurer presque avec des trémolos dans la voix. Et vous m'obligiez à ingurgiter d'autres formules encore plus débiles, des *contre-sorts* comme vous les appeliez, pour flanquer la trouille aux monstres si jamais ils revenaient. Et moi, je gobais tout ça beaucoup plus facilement que d'habitude simplement parce que vous étiez là, à me caresser tout en parlant ! Et, entre deux recommandations, je vous embrassais à pleine bouche comme une gosse mal élevée qui ose interrompre les personnes raisonnables ! Car je vous aime, Baron, mon amour de baron sans titre ! Vous me plaisez, vous m'envoûtez ! Ensuite, allez ! Vous ne pouviez plus résister et maintenant encore, vous me rendez votre charmante petite visite à peine intéressée chaque nuit... Le reste, on s'en occupe seulement pendant la journée.

Le reste, oui, car la secrétaire que je suis toujours en a fini avec le travail de bureau - qu'elle n'a jamais commencé, d'ailleurs. Le reste, c'est une balade de tous les instants, pas très rassurante au début car on dirait une promenade entre deux gouffres : celui du "rêve" et celui de la "réalité". Tout commence toujours de la même manière : vous appelez d'abord vos copains - c'est comme ça que j'interprète les noms loufoques que vous leur donnez, du genre *Narlatho* ou *Narlothep*, *Cu-Tchu* ou *Chtu-Clu*, *Tarazor* ou *Tazaphore* et d'autres du même genre. D'où sortez-vous tout ça ? *De livres interdits*, m'avez-vous répondu quand je vous ai posé la question. Et vous auriez préféré vous couper la gorge plutôt que de me les faire lire, ces fameux bouquins ! Vous aviez peur qu'ils me pètent au nez ou quoi ? En tous cas, moi, je n'arrive pas à comprendre qu'on ait pu interdire des livres qui vous permettent de visiter des endroits pareils. Vous sortez du réel quand vous en avez marre d'une rue ou d'un paysage, par exemple, et pfutt ! vous vous retrouvez dans une grande prairie fleurie ! Vous n'y marchez pas, vous ne vous y promenez pas non plus au sens où chacun l'entend généralement, parce que tout ça n'est pas vraiment... humain ! Eh oui ! c'est comme ça ! Un monde pareil, ça ne peut pas exister. Et si vous-même existez dedans, ça n'a rien de naturel. Alors, pour vous déplacer, vous pensez, vous gambergez comme une grosse tête et tout vient à vous, tout vous obéit au doigt et à l'oeil ! Un arbre ne vous plaît pas ? Hop ! il change de couleur et de forme; Des pierres menacent de vous écraser ? Bah ! vous passez sans vous écarter d'un poil et c'est comme si vous étiez un nuage : elles passent à travers vous sans vous troubler le moins du monde.

Je m'en veux, vous savez, de décrire ça aussi bêtement, parce que ce que j'ai pu voir ensuite ressemble moins à *Alice au Pays des Merveilles*. Ni Disney ni Spielberg ne s'en tirerait s'il voulait mettre ça sur pellicule. Parce que ça ne ressemble à rien de ce qu'on connaît chez les pauvres rampants de la croûte terrestre, qui ne volent qu'avec des engins poussifs ! Vous et moi, Baron, ne volons même pas : nous déplaçons notre volonté en nous mêlant à des représentations d'une réalité extra-temporelle et spatiale - je viens de relire cette dernière phrase et je me demande si ce n'est pas vous qui me l'avez soufflée, puisqu'il est *télépathe*. En tous cas, je ne comprends rien à un discours pareil. Cette phrase n'est pas de moi. Autant que je raconte la suite dans mon langage.

Je ne citerai que deux ou trois petites choses, parce que, des aventures, on en a trop connu dans *la vie médiane*, comme vous l'appelez, Baron.

Tenez ! Un beau jour, nous avons visité ma chevelure - ni plus ni moins ! J'avais dénoué mon petit chignon mignon et mes grandes lignes blondes ondulaient dans l'espace sans l'aide du moindre vent. Et nous y plongions comme dans un océan que ma chevelure n'a pas tardé à devenir. Portés comme des algues à fleur de mer, nous avons visité un univers où les bateaux naissaient des oiseaux et les poissons des rochers... Il fallait faire attention, quand même : vous perdiez de vue un seul élément et toutes les belles images s'embrouillaient. Alors, on risquait de sombrer dans ce que vous appelez un *repli temporel*, avec la quasi-certitude d'y rencontrer Ceux-Que-Vous-Invoquez sans jamais chercher à aller directement leur serrer la pince. *Trop dangereux*, disiez-vous - mais pourquoi, au juste ?

Il faut que je raconte aussi la fois où ça a tourné mal pour nos deux matricules, ou presque, parce que vous, Baron, vous avez failli vous en tirer en oubliant de me sortir de ce fichu pétrin ! C'est vrai, c'était encore ma faute, mais tout de même ! Et puis, après tout, c'est vous qui avez voulu visiter ce moellon détaché du plafond de la crypte. Vous croyiez y découvrir des faits ignorés de l'Histoire. C'est vous qui avez insisté pour faire un pareil plongeon dans le passé. Et puis, la caverne, la cité morte où nous sommes arrivés, je ne l'ai pas inventée. Nous n'avions pas besoin d'aller asticoter ces espèces de crabes à trois têtes qui avaient des socles de chair en guise de pattes. Moi, je ne vais jamais déranger les gens chez eux, c'est un principe. Alors, je ne m'étonne pas que ces bêtes-là n'aient pas été tellement contentes ! Vous vous souvenez comme il a fallu se grouiller pour éviter qu'un de ces tordus s'empare de votre esprit ou du mien pour avoir la possibilité, disait-il, de visiter notre époque !? Pas ma faute, tout ça, Baron ! Moi, j'ai juste utilisé la formule-à-faire-peur et toute la ville nous est tombée sur la tête ! Je me souviens des hurlements de ces pauvres crabes si mal foutus : *Allith est perdue ! À mort les impies !* Heureusement, vous avez, vous, récité la formule qui convenait pour nous sortir de cette chienlit. Enfin, j'ai tout de même bien failli rester coincée entre les deux battants de votre soi-disant *porte sur l"Anti-Monde*. Vous étiez déjà sorti, mais vous avez daigné revenir pour me tirer d'affaire. Grand merci, Baron, mais de grâce ! condamnez cette foutue crypte et laissez dormir en paix les esprits ou les univers qui s'y manifestent ! Ils ont bien droit à être tranquilles, non ?

Pour finir, Baron, vous m'excuserez mais je suis obligée de dire que vous m'inspirez tout de même quelques graves soupçons...

Déjà, la vie commune était devenue difficile : à force de me balader en votre illustre compagnie dans des univers qu'un être humain doué de raison ne peut pas imaginer, j'ai fini par me perdre définitivement. Le matin, je me réveille et, même si je ne flotte pas dans le brouillard, tout se passe comme je le souhaite : ma fenêtre s'ouvre toute seule, mes vêtements se lovent autour de moi comme des serpents, mes cheveux s'arrangent d'eux-mêmes - et il leur arrive de prendre de ces formes et de ces couleurs... ! Le décor, n'en parlons pas : il change à chacun de mes pas. Et il faut que j'accepte de vivre dans un ensemble d'univers qui *s'interpénètrent par osmose* - encore un de vos termes savants. C'est comme ça tous les jours que Dieu fait, avec un type dans votre genre. À force de me laisser éduquer sous votre férule, j'ai acquis des principes qui me font considérer *notre* monde d'un oeil sceptique et *l'autre* d'un air détaché. Lequel est le mien ? Lequel est celui où je suis née un jour pour le plaisir des hommes ? Je ne sais plus...

La voilà, la raison de mes soupçons, Baron : qui êtes-vous vraiment pour faire toutes ces choses-là ? Vous appelez des créatures aux noms impossibles et, quand ils viennent, vous les rembarrez comme des malpropres - et c'est vrai qu'ils le sont, puants comme des égoutiers et plus moche qu'un pou grossi mille fois au microscope !

Vous êtes sorti, Baron ? Tant mieux. Je ne vous ferai jamais lire ce que je vais écrire maintenant. Même votre identité, je commence à en douter. Les créatures que vous invoquez vous appellent comme ça, parfois : *Sheïtan* ou *Shaïtan*, quelque chose comme ça. C'est de l'arabe et ça désigne quelqu'un que tout bon chrétien - et même les autres ! - devrait fuir à toutes jambes !

Franchement, Baron ou Shaïtan, j'en ai assez ! Je voudrais presque retourner chez ma maquerelle ! Mais c'est trop tard et je l'ai bien compris, allez ! Rien qu'en voyant la façon dont vous m'avez regardée tout à l'heure. La preuve : je ne peux plus partir, quitter ce monde mouvant que vous avez fabriqué sous mes pas. Je dois rester "tranquille".

...Tiens ! Vous revoilà ! Je ne vous attendais pas si tôt. Pour une fois, vous n'entrez pas en flottant par une de ces fenêtres qui vous mettent en communication avec l'Anti-Monde - et pour cause : c'est *là-bas* qu'elles sont fabriquées. Donc, vous entrez par la porte et...

Eh là ! Satané coquin ! Vous n'êtes pas seul. Qui c'est, cette fille-là ? Ma remplaçante, peut-être ? Pas possible : maintenant que je connais presque tous vos petits secrets, vous ne pouvez plus me renvoyer. Qu'importe : je vous aime, malgré tout. Je vous ai dans la peau, si je puis dire. Et je vais rester "tranquille", puisque vous l'avez dit...

Conte publié dans la Nouvelle Plume *et dans l'anthologie* le Funambule *(La Plume éditions) en 2003*

À propos de Thierry Rollet

Né à REMIREMONT (VOSGES) en 1960. Se consacre à la littérature depuis l'âge de 15 ans. Sociétaire des Gens de Lettres de France. A publié son 1er ouvrage à 21 ans, en est actuellement à son 9ème ouvrage publié. D'abord enseignant, a fondé en 1999 l'entreprise SCRIBO qui s'occupe de diffusion de livres, de conseils littéraires aux auteurs désireux d'être publiés, d'édition avec sa filiale : les Éditions du MASQUE D'OR, de formation en français/anglais et d'un atelier d'écriture. Thierry ROLLET a publié des romans, des recueils de nouvelles, des récits historiques, ainsi que de nombreuses nouvelles en revues et sur Internet.

OUVRAGES PUBLIES :

ROMANS :
1. 1981 : *Kraken ou les Fils de l'Océan*, roman pour la jeunesse, EPI SA. EDITEURS, collection "« le Nouveau Signe de Piste », Prix des Moins de 25 ans 1981. *(épuisé)*
2. 1992 : *l'Or du Vénitien* (ACM EDITIONS)
3. 2001 : *l'Impasse glacée*, (Éditions du MASQUE D'OR)
4. 2004 : *le Fauve du Grand Cirque* (Éditions du MASQUE D'OR)
5. 2006 : *la Voix de Kharah Khan* (Éditions Publibook))
6. 2007 : *le Seigneur des deux mers* (Éditions Mille Poètes)
7. 2008 : *Je suis né sous l'horizon* (éditions EDILIVRE) *(épuisé)*
8. 2008 : *les Faiseurs d'Anges* (the book édition)
9. 2009 : *Spartacus – la Chaîne brisée* (éditions Calleva)
10. 2009 : *les Broussards* (Éditions du Masque d'Or)
11. 2010 : *le Prince des favelles* (éditions Ex-Aequo)

RECUEILS DE CONTES ET NOUVELLES :
1. 1999 : *le Masque bleu et autres nouvelles dans la Venise du 16ème siècle*, Éditions du PETIT VEHICULE.
2. 2002 : *Vosgeaisons*, (Éditions du MASQUE D'OR) *(épuisé)*
3. 2007 : *Contes et légendes des Vosges*, (Éditions Publibook)
4. 2008 : *Contes et légendes de la Puisaye*, (Éditions du Masque d'Or)
5. 2009 : *Cryptozoo* (Éditions du Masque d'Or)

ESSAI HISTORIQUE :
1. 1998 : *Jean-Roch Coignet, capitaine de Napoléon 1er* (éditions SOL'AIR) – réédité en 1999.

ESSAIS BIOGRAPHIQUES :
1. 2007 : *Léo Ferré – Artiste de vie* (Éditions Mille Poètes) réédité en 2010 par les éditions Dédicaces
2. 2008 : *Bruce Lee – la Voie du Poing qui intercepte*, en collaboration avec Claude JOURDAN (éditions Mille Poètes) réédité en 2009 par les Éditions du Masque d'Or

RECUEILS DE POEMES :
1. 1983 : *Au plaisir des rimes*, ouvrage autoédité, vendu au profit du « Noël des Autres », œuvre de soutien à l'enfance malheureuse. *(épuisé)*
2. 1989 : *Émois indicibles suivis de Pensées épurées* (éditions de l'ENCRIER) *(épuisé)*
3. 2006 : *Chants des Eaux et des Voiles* (Éditions Mille Poètes)

AUTRES PUBLICATIONS :
1. 2000 : *Scribodoc*, ouvrage technique littéraire (Éditions du MASQUE D'OR)
2. 2003 : *la Vie médiane* in *Funambule et autres nouvelles*, recueil collectif (LA PLUME éditions)
3. 2007 : *les Cent Chevaux ou le Rêve sans fin* in *Harry Dickson – Aventures inédites*, recueil collectif (Éditions du Masque d'Or)
4. 2006 : *les Faux Amis des écrits vains,* essai (Éditions Mille Poètes)
5. 2007 : *l'Anneau Draupnir* in *Harry Dickson – Nouvelles aventures inédites*, recueil collectif (Éditions du Masque d'Or)
6. 2007 : *Voir l'espace et mourir* in *Voir l'espace et mourir*, recueil collectif (Éditions du Masque d'Or)
7. 2007 : *Pour le salut des Primanthropes* in *Voir l'espace et mourir*, recueil collectif (Éditions du Masque d'Or)
8. 2007 : *Un avatar malheureux* in *Harry Dickson chasse les fantômes*, recueil collectif (Éditions du Masque d'Or)
9. 2010 : *Edvina ou le crime improbable* in *Harry Dickson face aux crimes impossibles*, recueil collectif (Éditions du Masque d'Or)

TEXTES PUBLIES SUR INTERNET :

Edvina ou le crime improbable, nouvelle policière, Éditions HIBOUQ, consultable sur www.i-kiosque.fr.

TEXTES TRADUITS DE L'ANGLAIS :

1. *Le Rivage noir*, conte fantastique de Jonathan HARKER, édité par Jean-Pierre PLANQUE et l'association INFINI, consultable sur http://pagesperso-orange.fr/jplanque/Rivage_1.htm (titre original : *The Shore In The Darkness* – inédit)
2. *La petite Possédée*, conte fantastique de Jonathan HARKER, édité par Jean-Pierre PLANQUE et l'association INFINI, consultable sur http://pagesperso-orange.fr/jplanque/La_petite.htm (titre original : *The Little Possessed Girl* – inédit)
3. *Balade dans la tourbière*, conte fantastique de Jonathan HARKER, édité par Jean-Pierre PLANQUE et l'association INFINI, consultable sur http://pagesperso-orange.fr/jplanque/Balade_1.htm (titre original : *Walking Around The Peat-Bog* – inédit)
4. *L'Adresse électronique,* nouvelle d'Audrey WILLIAMS, Prix de la Nouvelle SCRIBO 2005, éditée dans le n°3 d'*Au fil des pages* (titre original : *E-Mail* – inédit)

◆◆◆

Table des matières

www.ingramcontent.com/pod-product-compliance
Lightning Source LLC
Chambersburg PA
CBHW070745280626
47162CB00017B/2360